逆势突围！

ソニー再生
変革を成し遂げた異端のリーダーシップ

[日] 平井一夫（Kazuo Hirai） 著

郭勇 译

浙江教育出版社·杭州

前言

"您是如何引领索尼起死回生的？"我退出索尼公司高层管理团队已经超过3年的时间了，如今还是经常被人问及这样的问题。关于这个问题，各大媒体都曾经做出分析，比如，选择与聚焦，调整商品战略，改革成本结构……当然，他们分析得也没错，但我认为都没有真正地切中"要害"。

当时索尼陷入前所未遇的大危机，员工丧失了信心，根本无法发挥各自的能力。在那种情况下，我认为只有释放员工内心深处隐藏的"热情熔岩"，将团队的最大潜力激发出来才是挽救索尼的核心途径。从某种意义上说，挽救索尼的经历让我切身感受到，将领导者最基本的职责以最单纯的方式加以履行并贯彻到底，是帮企业浴火重生的关键所在。我写这本书，不仅是面向企业经营者，我更想通过复兴索尼的故事，帮助所有有下属的"领导者"，理解领导力的真正内涵与实施方法。

　　包括帮助索尼公司再次实现效益增长在内，我已经成功实现了三次经营逆转。不管哪一次，我都深深地意识到了在危机之中领导者与员工之间构筑信任关系的重要性，同时，为了战胜困难，对领导者的EQ（情商）也提出了非常高的要求。在危机之中，采取正确的战略、战术固然重要，但仅靠正确的战略、战术，还不足以帮助企业实现起死回生。

　　我能形成这样的思维方式，与以往的人生经历、职业生涯有着密不可分的关系：少年时代，我曾多次旅居海外，因此，很多时候被当作"异乡人"看待；后来到了工作阶段，我也有类似的经历。索尼公司给人的印象是一家以电器产品为核心的企业，但我却在索尼公司的音乐、游戏这种"非主营"的业务领域工作。因此很多人认为，我所负责的这些非主营业务，在索尼公司中根本不具备竞争的条件。就这样，很长时间内我负责非主营业务，甚至可以说是"异端"的职业生涯，奠定了我独具一格的领导哲学的基础。也正是因为这样，我不会在书中以"经营之道"作为开篇。我更愿意先回顾自己的人生道路，以纪实的笔触，尽量将自己所经历的故事活灵活现地呈现在读者朋友面前，借此帮助读者朋友更生动而具象化地理解这种思维方式形成的过程。

现在，同样有很多企业或组织因为丧失了活力，而陷入危机的泥沼中，如果这本书能够帮这些企业或组织的领导者找到重现辉煌的一线曙光，哪怕只是给他们带去一点点希望，我也将感到万分欣慰与荣幸！

2021 年 6 月　平井一夫

目 录

序章　约定 / 001

34 年前的记忆 / 002

三次经营逆转 / 007

"再这样下去,索尼就要倒闭了!" / 011

异乡人 / 019

一家人迁居纽约 / 020

"异见" / 025

10 美分的汉堡 / 028

对日本学校的质疑 / 032

逃离之路 / 035

在日本的生活 / 039

父亲的忠告 / 044

CBS 索尼唱片 / 046

重返纽约 / 050

逆势突围

邂逅 PlayStation / 055

久保田利伸的执念 / 056

"请帮助一下 PlayStation" / 059

丸山茂雄与久夛良木健 / 064

《山脊赛车》的冲击 / 066

四分五裂的 SCEA / 070

35 岁的我着手经营重建 / 075

哭泣的职员 / 079

越棘手的工作越应该由领导者来做 / 081

同伴 / 087

创作者优先 / 089

不一味追求数量 / 094

成长的"儿童乐队" / 096

你是想毁了索尼吗？ / 101

断了退路 / 103

自动驾驶 / 106

索尼的困境 / 108

新对手 / 113

鬼才久夛良木健 / 115

Cell 处理器的雄心 / 121

目录

眼前的危机 / 124

逆风而立的 SCE / 128

回到原点 / 131

现场感产生危机感 / 135

1.8 千克的执念 / 138

理想与现实之间的鸿沟 / 141

在暴风之中 / 145

4 个火枪手 / 146

再次自动驾驶 / 151

网络攻击 / 153

"公司就快完了" / 156

就任索尼总裁 / 159

在严峻的形势中启航 / 162

"愉快的理想工厂" / 165

对 "KANDO" 的寄托 / 168

"高高在上" 的领导者无法有效传达思想 / 173

我不是神 / 178

不能按照头衔来工作 / 180

丰田的启示 / 185

点燃工程师之魂 / 187

索尼再创辉煌 / 192

逆势突围

再痛苦也要进行的改革 /195

卖掉麦迪逊大道 550 号大楼 /196

重建电视机部门 /199

顶住反对的压力 /204

从苹果公司学到的东西 /208

寻求"异见" /211

物色人选 /216

"不当 Yes Man" /218

不同意见的碰撞 /222

寻求异见的心理准备 /226

卖掉部分业务的苦涩 /229

与"怀旧"诀别 /234

新的预兆 /239

电影行业的格局变化 /240

"东京就交给你了！" /243

索尼的基因 /246

将各业务部独立成子公司 /248

未完成的移动通信改革 /251

培育"下一个萌芽"的重要性 /256

目录

TS 业务准备室 / 258

加速培育种子 / 264

总裁也要参与 / 268

另一个目的 / 272

aibo 机器人"复活" / 275

从 aibo 到 EV / 281

尾声　毕业 / 287

"油门要踩到 120% 吗？" / 288

"危机模式"下的领导者 / 291

引领索尼走向新时代 / 294

下一个梦想 / 297

后记 / 301

序章 约定

34 年前的记忆

在毫无预兆的某个瞬间，曾经经历的人生中的某个场景会猝不及防地浮现于脑海之中。相信不少人有过类似的经历。而且，也许浮现出的那个场景对自己而言并不算刻骨铭心的记忆，但不知为何它就像曾经看过的电影画面一样，突然跃然于脑海之中。当时看到的景物、听到的声音，都会活灵活现地复苏。有一次我就真实体验了这种经历。

那是 2018 年 4 月的某一天，我参加了索尼公司财务部管理层的一个会议，议题是刚刚结束的 2017 年度的财务决算报告。

那时，我接任索尼总裁已经 6 年时间，率领失去光辉的索尼公司在困境中艰难前行了 6 年，我不禁感到时光荏苒，如白驹过隙。但这种感觉在一瞬间成了过去，在那个时间点，我决定卸任索尼总裁一职。说得具体一点，总决算书摆在我面前的那个瞬间，也正是我决定结束总裁职务的时刻。过去6年，日夜奋斗，是时候画上句号了。

与会者有公司时任财务负责人——CFO（首席财务官）吉田宪一郎，他是我"三顾茅庐"请到索尼的好搭档。另外，索尼公司的现任CFO十时裕树也在场，他对吉田宪一郎和我抱有绝对的信任。

"最终的数字就在这里了。"

大家的目光投向大屏幕显示的财务报告，"关联营业利润"一栏中的数字是"734860"，单位是"百万日元"。这个金额是7348亿日元，是自1997年度以来，时隔20年再次创出的利润新高。

"走到这一步，真不容易……"当时我心头涌起的情绪，不能说是安心，也谈不上成就感，而是一种不可思议的感情。6年前，我在索尼风雨飘摇之际接任总裁一职，那情景好像就在昨天，但又像是很久以前的事情。

我经营索尼公司的理念，并不属于万事都追求数据的流派。但当我的视线落在眼前财务资料上那些冷冰冰的数字上时，一段又一段的回忆在我脑中被唤醒了。

"平井对电子技术一窍不通，他怎么可能胜任索尼总裁？"

"要么索尼放弃造电视机，要么平井辞职，看哪个先发生，我们拭目以待。"

"索尼被苹果收购的那一天，离我们不远了。"

"持续裁员的'裁员索尼'，哪里看得到未来？"

……

2012年我就任索尼总裁之后，这样的质疑、冷嘲热讽，甚至是责骂就一直没停过。如今，那样的日子终于到头了，一时间我真的是感慨万千！

当时，不知为什么，我的脑海中还浮现出若干年前自己在东京市谷的办公室向窗外眺望时看到的风景。

序章 约定

在 CBS 索尼唱片时期的平井一夫（1988 年）

"你们这些新入职的员工，对公司来说聘用你们就是亏钱的。因为你们现在所做的工作，还配不上公司给你们的薪水，所以，你们应该抱着'尽早把欠公司的钱还清'的信念，拼命努力工作！"对我们说这番话的是当时的 CBS 索尼唱片公司总裁松尾修吾，CBS 为美国哥伦比亚广播公司

（Columbia Broadcasting System），CBS 索尼唱片公司是索尼音乐娱乐公司的前身。那是 1984 年 4 月的事情。

"嗯！我一定拼命努力！"作为新员工的我，这样回答可谓理所当然。旁边与我同期入职的女员工，用鞠躬的方式表达了同样的决心。总裁会到各个部门，分别对新员工训话。当时，在整个公司里，被分到"海外部"的新员工，就只有我和身边的女同事两个人。而她，后来成了我的伴侣。当时的我刚走出大学校门，是个 23 岁的毛头小伙子，松尾总裁的谆谆训导并没有对我产生深刻影响。虽然现在看来那些话应该被当作"伟人的箴言"，被奉为圭臬，但当时的我"左耳进右耳出"了。我记得当时的情景是，松尾总裁坐着给我们训话，而我的视线则穿过他旁边的玻璃窗，落在远处铁路沿线的池塘上。

在那个乍暖还寒的早春时节，池边垂钓的人星星点点，已经含苞的樱花枝条，在微风中婆娑起舞。34 年弹指一挥间，回到 2018 年的那场最后的决算报告会，我的脑海中为什么会浮现出那时的一幕？我默默地听着报告，心中自语道："松尾总裁，现在我终于可以报答您的恩情了。"

序章 约定

三次经营逆转

回顾往事，我的职场经历算得上是命运多舛。从学生时代起，我就非常热爱音乐，但要说把这个爱好融入事业，还得感谢CBS索尼唱片为我打开了一扇大门。

刚加入CBS索尼唱片时，我的工作内容是为海外艺术家去日本演出做宣传、翻译工作。那个时候，索尼总公司正在朝着打造世界顶级电子产品品牌奋力冲刺，但对于经营音乐、娱乐业务的CBS索尼唱片公司的一名小职员来说，总公司的事业跟我似乎毫无关系。实际上，我也缺乏把索尼当作总公司的意识。我们CBS索尼唱片的办公地在东京千代田区的市谷，索尼总公司的办公地在品川区的五反田，两者之间的距离有大约10公里。对于当时的我来说，10公里之外的"索尼总公司"就是另外一个世界。在我的认知中，"索尼"只是在自己工作的公司中偶尔出现的名字而已。

音乐行业的工作十分有趣，只不过，当时的我奉行"工作与生活要清晰地分开"的原则。结婚后，我把房子买在了距离公司很远的宇都宫市，每天通勤要坐新干线火车。一到周末，我要么开上自己的车去兜风，要么带上自己组装的遥控模型去公园里玩。我对在现实世界中"出人头地"没什么兴趣。我打心底里感到自己对公司的贡献，配不上公司给我的薪水。但是后来，因为一系列的机缘巧合，当我回过神来的时候，已经当上了索尼公司的总裁。

人生真是太不可思议了！

35岁过后，我被派往索尼美国分公司协助开拓PlayStation业务。原定在当年的圣诞节购物季结束之后，我就应该回到音乐事业部，可圣诞节过后我又被派到了旧金山郊区的SCEA（索尼电脑娱乐公司美国分公司）主持工作。

在那里，我看到的是一个毫无体系的组织、一个人际关系崩溃的职场。每天都有员工向我倾诉工作中的烦恼，我甚至自问："难道自己是一个心理咨询师吗？"当时对于整个索尼公司来说，SCEA只是一个微不足道的小公司。但是现在的我回头看，任命我为SCEA的领导者，是我走向索尼公司高层经营者之路的起点。在 SCEA 学到的东西，是形成我独特的经营哲学的基础。关于这一点，我将在后面的章节中为大家详细介绍。

在 SCEA，我遇到了人称"PlayStation 之父"的鬼才久夛良木健先生。我再次回到东京，时间已经来到了 2006 年，而我马上就 46 岁了。那次是为接任 SCE（索尼电脑娱乐公司，现在的索尼互动娱乐公司的前身）总裁一职，而返回东京。

我的人生就是在美国和日本之间来回"摆渡"。

那时，我们一家已经在旧金山湾区的福斯特城扎下根来，回日本根本就没在我们的计划之内。于是我召集家人举行家庭会议讨论去留问题，正值青春期的女儿用英语问我："你想说什么？"接着才用日语说，"我们要怎么办？"家庭会议的结果是，我把家人留在了美国，只身一人回东京赴任。

可是，在东京等待我的是令人如坐针毡的危机状况。继久夛良木健先生之后，我接任了 SCE 总裁一职。刚一上任，需要直面的问题就是对刚上市的"PlayStation 3"业务进行重新整合。也就是说，我刚当上总裁，公司就背负了2300亿日元的巨额赤字。为此，我受到了来自公司内外的猛烈批判，甚至索尼公司总部的"大人物"也打电话来怒斥我："你是想毁了索尼吗？"

毋庸置疑，索尼是一家以电器产品驰名世界的企业。因为随身听（Walkman）、彩色电视机等电子产品在市场上收获了巨大成功，这让索尼员工在潜意识中认为"电子技术才是索尼公司的主流"。实际上，在加入索尼公司之前，我自己也是索尼电器产品的忠实粉丝。再说到我初入索尼时从事的音乐事业，若要追根溯源，索尼公司涉足音乐事业最初的根本目的是要借此强化自家音乐播放器产品的市场地位。

从整个索尼公司的角度来看，我所从事的业务一直远离公司主流，游走于"边缘"地带。这样的我，却在2012年初被指定为索尼公司的总裁。那时索尼公司的总部已经迁至品川，那段时间我经常出入总部，公司给我的感觉就是"索尼已经不行了"。作为公司主流事业的电器产品已经了无生气，这是无法掩盖的事实。索尼公司前任总裁爱德华·斯金格先生曾多次提出"统一的索尼（Sony United）"战略，但实际上并没有带来任何起色。不仅是电器产品部门，还有包括电影、音乐、金融等在内的次主力部门，也都在朝不同的方向分散发展。像 SCE 这样不把总公司放在眼里的子公司，也没有成为"统一的索尼"的一员。

而且，长期作为索尼公司成功象征的电器产品部门，在赤字的旋涡中艰难挣扎，已经沦为"失败索尼"的象征。当时，拥有 16 万名员工的庞大的索尼公司，正在四分五裂的路上越走越远。这就是接任总裁时，我所看到的现状，绝无虚言。就这样，继 SCEA、SCE 之后，我开启了第三次经营重建工作。一如既往，我深切地感受到，我的职业角色就像消防员，公司没事时不会想到我，一旦有事，就该派我上场了。

"再这样下去，索尼就要倒闭了！"

我就任索尼公司总裁之初，有一件事让我印象深刻。一天，一名员工将面对管理层进行索尼最新电视机产品的展示介绍。我当时也出席了这次内部发布会。在电器产品中，电视机可以说是索尼的支柱性产品。但是，那次发布会毫无气势可言，换句话说，我对展示介绍的内容并不满意。从那位进行说明展示的员工的神态、语气可以感觉到，他似乎在想："我早就知道这款电视机作为商品是并没什么竞争优势的，但没办法，这就是我的工作，所以我尝试着简单介绍一下这个产品吧。"新款电视机的屏幕边框很宽，外形设计也非常俗气。当一位管理层的干部质疑："这样的电视机能和三星的产品竞争吗？"那位员工也没法给出明确的答复，只是敷衍地解释道："这样设计是为了防止边框划伤顾客。"有人提出质疑，介绍人员就敷衍地解释一下，发布会就在这样的情况下继续着。在这里我要声明一下，不管是当时还是现在，我都不觉得那位介绍新产品的员工有什么错。当时整个索尼公司的人都失去了信心，新产品发布会上的那种场面，可以说是公司日常运行情况的一个缩影。

　　索尼公司是由井深大和盛田昭夫两位了不起的人物所创立的。在他们的引领下，一群与这两人的梦想产生强烈共鸣

序章 约定

的员工，把索尼公司发展壮大，最终使它成为一家世界级的大企业。索尼公司走过的路已经成为一种象征，象征着从"二战"后废墟中实现奇迹般复兴的日本经济。日本战败5个月后，井深大和盛田昭夫共同起草了《设立东京通信工业（索尼公司前身）的宗旨书》（以下简称《宗旨书》）。《宗旨书》中写明，他们的梦想是"建设一个自由、豁达、愉快的理想工厂"。可现在的索尼公司，是不是已经偏离了当初的梦想呢？

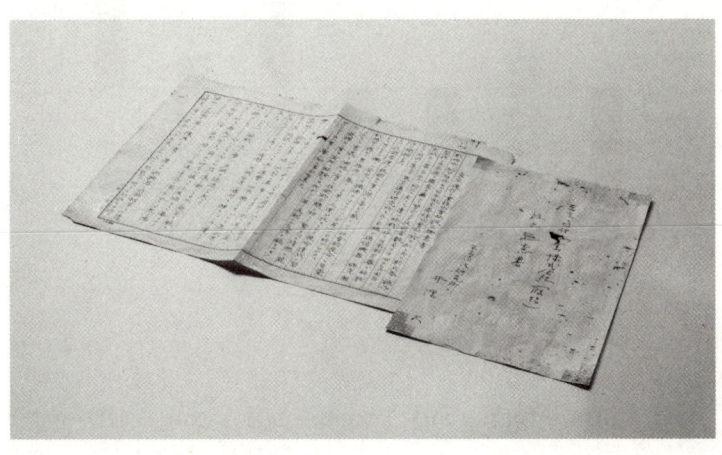

《设立东京通信工业的宗旨书》（1964年）

逆势突围

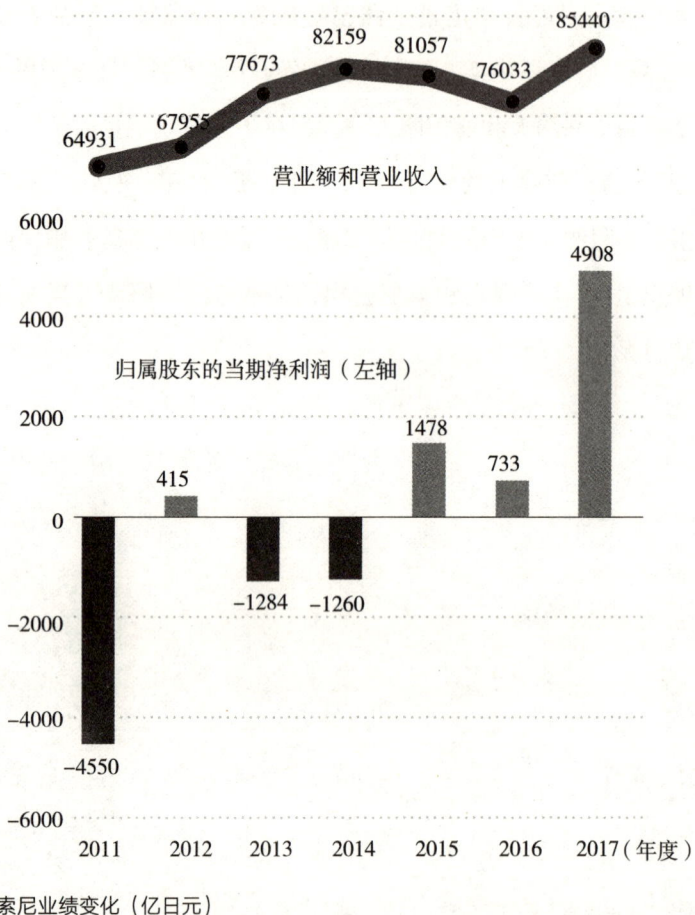

索尼业绩变化（亿日元）

序章 约定

看我产生这样的疑虑，那些通过努力奋斗把索尼公司发展成世界级大企业的前辈说不定会生气，但当时的我，真的非常认真地在思考这个问题。在新款电视机的内部发布会上，看着那位前言不搭后语，敷衍着进行说明的员工，我甚至想："再这样下去，索尼公司就要倒闭了！"从那时开始，我就开始了一场波澜壮阔的冒险之旅——"重建索尼公司的大冒险"。如今再回忆那段时光，发现自己用了6年时间终于把索尼公司重新打造成了一个"向前迈进"的公司。

让索尼公司重获新生，我所用的并不是什么"锦囊妙计"，我只是把我认为理所当然的事情，理所当然地执行下去而已。索尼公司的很多员工充满激情，也富有才能，我所做的就是把他们潜藏的能量激发出来，并使之最大化而已。我之所以能做到这一点，和我长期游走于索尼公司"边缘"的工作经历不无关系。毋庸置疑，我可不是井深大或盛田昭夫那样的天才经营者。不仅如此，就在我刚就任公司总裁的时候，那些了解索尼公司创业经历的元老级员工，甚至给我扣上了"不合格总裁"的帽子。原本，我一直在索尼公司的

"边缘"工作,也从没想过能在公司里出人头地,只想安安稳稳地度过公司职员的打工生涯。就是这样的一个我,是如何帮助索尼公司起死回生的呢?一切的出发点,要从我年幼时随父母搬进纽约的那间公寓说起。

异乡人

一家人迁居纽约

"爸爸这次被调职到美国纽约工作了。"我的父亲在银行工作,在我刚上小学一年级的一天,他告诉我他被调职到了纽约。"纽约?那是什么地方?"听我这么问,父亲耐心给我解释说,纽约是一个巨大的国家——美国的一个城市。不过,"调职"是什么意思,我也不懂。

"美国?纽约?调职?"当三个从没听过的词语同时出现时,我的头脑已经转不过弯来。这时,父亲展开世界地图给我讲解起来:"你看,一夫,这里是美国。在这个巨大国家的东部,有一个城市叫纽约。"

确实,从地图上看,美国和日本相比,绝对称得上是一个"巨大的国家"。

我当时心中暗想:所以我们全家都要去纽约吗?

就这样，1967年，我们一家人从东京都杉并区的下井草搬到了美国纽约。这事情发生得太过突然，让我感觉十分不真实。我们家当时搬到了纽约的皇后区，皇后区居住着很多外国移民。大家都知道美国是一个移民国家，但很多人可能想象不到，纽约的皇后区几乎可以看到世界上的所有人种。当然，日本人算是其中的少数派。

现在，皇后区的治安情况可能有所改善，但在当时，那里可是美国恶性犯罪的高发地区。说个有点历史的题外话，有一部喜剧电影叫《美国之旅》，喜剧演员艾迪·墨菲在影片中饰演一位外国王子来美国为自己寻找新娘。电影中的故事就发生在纽约的皇后区。在影片中可以看到，垃圾在街边随处可见，那里的人也个个凶神恶煞一般。要知道，我们搬到皇后区，可比电影中的场景还要早20年。就在环境如此恶劣的街区，我们一家住进了高速公路旁的一个巨大的茶褐色集中住宅区。那个叫作莱弗拉克城（LeFrak City）的住宅区如今依旧存在，现在是美国典型的面向中产阶级出售的集中住宅区。

逆势突围

纽约莱弗拉克城的地理位置

我第一天去当地小学上课的情景，直到今天我仍然记忆犹新。那个时候我的英语水平很差，基本上听不懂他们在说什么。毫不夸张地说，美国的学校对我来说简直就像一个外星世界。为了让我能在全新的学校环境中"生存"下去，母亲想出了一条妙计。离家之前，母亲在我的脖子上挂了3张卡片，每张卡片上都写着一些我看不懂的英语。

母亲告诉我，3张卡片上英语的意思分别是："我想上厕所""我不开心"和"我想联系我的家长"。然后母亲叮嘱我说："听好了，一夫，你想上厕所的时候就把这张卡片给老师看。感到不开心的话，就给他看那张……"就这样，我脖子上挂着3张卡片，以一种非常奇特的造型第一次去了美国的小学。现在想想，当时我的母亲还真是煞费苦心。长大后我才知道，有些小孩子在学校即使想上厕所也不敢跟老师说，结果尿在裤子里，受到其他同学的嘲笑，然后有人就此再也不想上学了。

母亲的"妙计"到底如何呢？在我的记忆中，有时即使我把卡片展示给老师，老师也没做出任何反应，看来母亲的妙计也不怎么奏效。上学几天之后，我依然听不懂周围的同学在说些什么。至于老师说的话，当然也和天书差不多。我又没办法逃避，总之我非常不适应新的环境。如果有的读者朋友小时候有去外国读书的经历，可能会理解我的感受，简单地说就是强烈的孤独感和无力感。

当时在我们班上，只有一个男生和我一样是亚洲人的面孔。但是他可以说一口流利的英语，我不知道他是日本人还是当地的日裔美国人。他偶尔会帮一下无助的我，但说到底都是一年级的小学生，再懂事、懂得照顾别人的小学生也不可能战胜自己贪玩的心，所以，他不可能时时在我身边帮我，基本上各种大事小情我都得靠自己。

作为外派职员的父亲，看到我所处的环境时，经常说："一开始是挺艰难的，但小孩子就是不一样，学外语会很快的。"可是，还是孩子的我感觉这种"无能为力"的状况会永远持续下去。想说的话说不出来，那种苦涩的滋味我在6岁的时候就已经亲身体会过了。当时的我深深体会到，自己的处境十分艰难。如今，在海外生活的日本孩子已经非常多，所以他们多少也会有几个伴儿。可是在20世纪60年代，日本企业派驻海外的职员还十分稀少，所以我在纽约的学校里找不到"同伴"。为此，父母很心疼我，但他们也无能为力。

"异见"

孤独的我终于迎来了生活的转机。

有一次我走到家里的阳台上，察觉到隔壁的邻居家也有一个小男孩。我已经想不起是谁先开口和对方搭话，但总而言之，我们之间开始了交流。

对我来说，那是第一次和陌生的异域文化开展交流。我们之间是否有语言交流，我已经记不清了。不对，当时我基本上还不会说英语，所以我们之间应该没有"对话"。但不管怎样，某种形式的交流在我们之间建立了。现在回想起来，从那时起，到40多年后我被委任为索尼公司的掌舵人之前，我一直在"不同"的地方之间反复改变生活和工作，所以我会经常接触到"不同"的视角和思维方式，我也把这些经验用到了企业的经营管理中。我把这些"不同"的视角和思维方式称为"异见"。

如何发现"异见",如何将之升华为经营战略并付诸实践,是我的经营哲学中最为基本的思考内容之一。还有一点异常重要,"异见"这种东西不是我们守株待兔就能等来的。处于领导地位的人必须发挥主观能动性,主动察觉才能发现"异见"。经常听人说,企业的经营者必须提高自己的沟通能力。其实我觉得这样还不够,作为一名处于领导地位的经营者,智商要高,情商也必须很高。要想听别人发自内心地说出自己的"异见",首先要让对方觉得"这个领导比较包容,即使我的想法不同寻常,他也愿意听我讲"。尤其是有着总裁头衔的人,因为地位太高,企业中的下级人员不太敢向总裁表达自己的"异见"。要想改变这种情况,总裁首先要做一个让下级人员感觉情商比较高的人。

再把话题拉回到我在纽约的童年时代。母亲渐渐发现了我在阳台上隔着护栏和邻居家孩子交流的情况。我母亲知道隔壁是一户单亲家庭,只有母子二人。她也发现我开始尝试用英语和同龄人交流,便顺水推舟,邀请邻居家的孩子到我家来做客，和我一起玩。对于邻居家的单亲母亲来说，有人和她的孩子玩，也会感到安心和开心吧。

我还记得，当时我母亲专门到皇后区的日本食材店买来札幌一番的方便面，给我和小伙伴加餐。札幌一番方便面可是在日本才上市一年的新商品，在日本本土非常受欢迎。看到我终于交到了朋友，母亲就拿最热门的食物来款待客人，她的那份心意我至今仍心存感激。

童年时期的平井一夫（左）和弟弟

从那以后，我和邻居家的小男孩就成了最好的玩伴，有了他的陪伴，我的英语水平取得了快速进步。一开始我只能和他进行只言片语的对话，但在这个过程中我对英语逐渐熟悉起来，到了当年10月底的万圣节，我已经可以用英语和其他小朋友流利对话了。我也从此发现了一个"不同的世界"，并朝它迈出了第一步。

后来，在我的记忆中再也没有感到过语言上的不方便，英语不再是我与世界交流的障碍。一开始被我看作"外星世界"的纽约皇后区，也渐渐地成了"我的世界"。

10美分的汉堡

说点题外话，我们家搬到纽约的一两年后，我家所在的同一栋楼里又搬来一家日本人。那家人父母都是日本航空公司（JAL）的职员，家里有一个比我小1岁的男孩，小忠。我和小忠志趣相投，很快就成了形影不离的玩伴，每天都要在一起玩。一下雪我们俩就会拿上雪橇相约出门，在街上的斜坡一直滑到天黑。

我们家附近有一家名叫白色城堡的汉堡店，那里最便宜的汉堡只要10美分。在那个年代，1美元可以兑换360日元，虽说美国的物价比日本高一些，但10美分一个的汉堡，凭我们的零花钱还是买得起的。那时我和小忠就经常一起买白色城堡的汉堡吃，那味道我至今记忆犹新。

我和小忠都是突然来到未知国度的"异乡人"，心里有多少无法言说的烦恼只有我们自己知道，即使是对父母，也没办法诉说。虽然我们学会了英语，也在当地交到了朋友，但是依然改变不了我们是"少数派"的命运。在学校里，有美国同学明目张胆地喊我们"小日本"，也有人因为日本曾经偷袭珍珠港而鄙视我们……小小年纪的我们内心都承受了什么，只有我和小忠能够产生彼此才能理解的共鸣。

当时处于20世纪60年代末，非洲裔美国人发起的民权运动余温尚存。黑人民权运动领袖马丁·路德·金曾发表闻名世界的演说《我有一个梦想》。但就在我家搬到纽约皇后区的第二年，马丁·路德·金遭人暗杀。现在的美国依旧被笼罩在人种差别、种族歧视的阴影之下，50多年前的那个时代，对不同种族的差异化对待更加露骨。作为一个小学生，我就要承受差别对待，承受歧视的态度、语言，甚至行为，那也是我在纽约皇后区生活的真实状况。在纽约皇后区作为"少数派"的生存体验，对我日后成为经营管理者所奉行的经营哲学的形成产生了深远的影响。只是儿时的我对长大后将要发生的一切还没有任何概念。我和小忠在一起的日子充满了快乐，我们相互分享着在日本从未体验过的艰辛和孤独。可以说，在那个时候，我们是彼此最重要的人。

40多年以后的一天，当时我已成为索尼公司的总裁，有一次我去海外出差，在机场候机楼的休息室里等待登机。我正坐在沙发上休息，忽然有一名工作人员来跟我搭话。

"不好意思，请问您是平井先生吗？"

"是，我是平井。有什么事吗？"

然后工作人员问我："您认识我们公司的西尾先生吗？"

"西尾先生？"听到他的询问，几条线索在我头脑中串联了起来。我现在是在日本航空公司（JAL）的休息室候机，而童年的伙伴小忠姓西尾，另外，我记得小忠的父母当时就在日本航空公司工作……

接下来，工作人员用谨慎而礼貌的语气问："非常不好意思，想问您一个私人问题，平井先生小时候是不是在纽约生活过？"

"没错，我童年时期确实在纽约生活过。"

"向您确认这些，实际上是因为我们公司的西尾先生让我把这封信交给您。"

啊！莫非……果然被我猜中了，西尾先生就是我在纽约的伙伴——小忠。小忠的全名叫西尾忠男，现在已经是日本航空公司的高管。打开那封信，原来小忠看了NHK电视台有关索尼公司复兴的特别报道，感觉报道中的索尼公司总裁平井一夫有点像小时候在纽约的玩伴"小平井"，所以才写了这封信。

读完信的那一刻，生活在纽约皇后区的童年记忆犹如决堤之水，灌满了我的整个脑海。在社区里，我和小忠一起玩耍的滑梯、秋千；下雪的冬日我们不畏寒冷一起滑雪的坡道；还有那只卖 10 美分一个的汉堡的味道……在机场的休息室里，我手握小忠的信，仿佛穿越到了 40 年前。

当我从海外出差回来之后，马上联系了小忠，也就是西尾忠男。我们一起吃饭畅聊，后来又去了城崎泡温泉，简直有说不完的话。随着年龄的增长，历经岁月风霜，我俩都已两鬓斑白，虽然如今我们都在各自的公司里身兼重任，但谈起几十年前在异国生活的童年时代，还是有无尽的记忆从脑海中不断涌现出来。

对日本学校的质疑

我作为"异乡人"的体验，可不仅限于在纽约的生活。

升入小学四年级的时候，我已经完全适应了美国的生活，可就在这时，父亲在美国的工作任期结束了，我们一家要回到日本。现在想起来，当初刚到美国时，我受到的文化冲击非常大，读者朋友可能想象不到，当我再次回到日本时，受到的"文化逆冲击"更大。因为我对日本学校里已经约定俗成的各种规矩，一点概念也没有。比如，有一次我把一周的作业整理好后交给老师，老师竟然非常生气，当时的我无论如何也不能理解他为什么生气。我问老师理由，老师却说："这里是日本！日本有日本的教育方法，这里不是美国！"他根本没有回答我的问题，只说了这种含混不清的气话。

另外，在美国，即使是公立学校也聘请了保洁员，所以学生不用打扫卫生，可日本的学校要求学生每天做扫除。当我问老师"为什么我们必须做扫除"的时候，老师又大发雷霆，而且只告诉我"这是日本学校的规定"！虽然我当时只是个孩子，但是也能感受到老师愤怒的程度，我知道老师已经被愤怒的情绪冲昏头脑，根本没法给我讲清做扫除的理由。时至今日我依然觉得那时的老师不讲道理。当时的我已经是大孩子，但因为美国学期和日本学期有差异，所以到日本学校的时候把我安排在了低一年级的班上（我觉得这也是不讲道理的）。班里的同学都比我年龄小，所以我不用担心被他们欺负，但在日本的学校里我经历了太多令我不能理解的事情。我不曾想到,在自己出生的国度,我再一次经历了被当作"异乡人"的体验。

如今的时代不同了,在日本生活着不少来自海外的外国人。大家对他们已经习以为常,年轻的读者朋友可能对"异乡人"这个词理解起来有一定的难度。现在看来,移居到一个完全陌生的国度,肯定会充满令人兴奋的新发现、新体验,让人生变得更加丰富多彩,我长大之后也确实多次体验过这样的兴奋。但是,对于年幼的我来说,尚没有足够强大的心理去享受生活场所的多次迁移所带来的乐趣和兴奋。说实话,那些迁移对童年的我来说是艰难的经历。年幼时因为父亲工作调动的关系我们移居纽约,可能有朋友会说:"你在那里学会了英语,这不是拜环境所赐吗?"确实也有诸如此类好的一面,但对当时的我来说,每一次迁移都意味着我会遇到很多"不讲道理"的事情。

就在我即将升入日本初中的时候,父亲又要调动工作了,这次是去加拿大的多伦多。加拿大那边的人也说英语,我在语言上没有障碍,但那时我好不容易适应了日本学校的环境,就又要离开了,我真想对父亲说:"又来了!为什么又是这样！"可真的说了又能怎样呢？我只能跟着父母搬到加拿大。那个时代，多伦多的日本人非常少，我又一次成了"异乡人"。

但这一切并没有结束，在多伦多生活了两年半，同样，就在我刚适应之后，我们又回到了日本。

逃离之路

又一次让我到日本的公立学校去当"异乡人"，这次我可不干了。为什么学校要求所有学生穿一样的校服，剪统一的发型？到底是谁，以什么样的理由做的这种决定？日本老师的解释"中学生就要有中学生的样子"，我心里实在难以信服。当然，日本学校也有诸多好的方面，但至少在当时那个年纪的我的眼中，日本学校就是一个令我喘不上气的地方。于是我开始思考，有没有一条路可以让我逃离使我喘不上气的日本公立中学呢？

我忽然想到，在美国和加拿大，都有面向日本人的补习学校。目的是让这些日本孩子回国之后能够适应日本的教育，因此他们采取完全日式的教育方式，而且只需周末去上课。我想，既然在美国和加拿大有面向日本孩子的学校，那么日本也应该有面向欧美孩子的学校吧。经过查询，我果然找到了日本面向美国人的"美国学校（American School）"。就是它了，也只有它了！那里的学费贵得惊人，但是，我实在太讨厌日本学校了……我把自己的想法坦率地告诉了父母。非常幸运的是，父母完全理解我，满足了我的愿望。

梦想成真。我在初三的时候随家人从加拿大回到了日本，然后就顺利进入了位于东京都调布市的日本美国学校（American School in Japan，ASIJ）。学校位于西武多摩川铁路的多摩站附近，进入学校就感觉回到了美国。能够顺利进入这所学校真是太好了！对于小学和初中的大部分时间都在美国和加拿大度过的我来说，这里的环境我太熟悉了，可以说是我最好的学习环境。

但是，在我找到非常自在的容身之所没多久，又发生了

1 异乡人

变故。这次父亲被调到美国旧金山赴任，我们家第三次移居到了北美。"又来了！"我无可奈何地想着，我并不想失去好不容易找到的令自己舒心的学校，我想继续上日本的美国学校。于是我跟父母展开了交涉，最终父母同意我暂时住在亲戚家，在日本美国学校读完高一，然后去旧金山读高二。但到高三的时候，我就想一个人再回到日本，继续读日本美国学校。最终，父母答应了我的请求。

从日本美国学校毕业时的相册留影

当时父母可能想，我在旧金山读高二，也许在这个过程中会习惯美国的生活和环境，从而打消回日本读高三的念头。但在旧金山读高二的时候，我强烈地感觉到自己作为日本人应该回日本生活。可是我讨厌日本的学校，所以无论如何也要回"日本美国学校"读高三。于是，在高三的时候我又回到了日本。

就这样，高中毕业之前的我就在太平洋之间横渡了若干次，但在东西两方生活的过程中我的内心萌发了强烈的民族认同感，坚定地认为"自己是日本人"。这样的我，就应该踏踏实实地在日本生活，自然也要考日本的大学。或者说，我心里早已有了心仪的大学。在日本美国学校校舍的隔壁有一个野川公园，那是个很大的公园。穿过野川公园是日本的国际基督教大学（ICU）。我偶尔会穿过公园去那所大学的校园里散步，当看到学校里有很多外国留学生和归国子女的时候，我立马就决定"我要考这所大学"！

在日本的生活

心想事成，高中毕业后我成功考入国际基督教大学。对我来说，这所大学也是一个非常理想的容身之所。学校里的日本学生既有像我一样毕业于日本美国学校的人，也有从外国高中毕业的归国子女，当然也有一小部分来自日本的高中，然后就是大量的各国留学生。这里简直就是一个多样文化的大聚会。与我曾经生活过的美国和加拿大相比，国际基督教大学的校园可能更加多元化。和多种文化背景的学生对话，远比从书本上读到的、从课堂上学到的要真实得多，差异也要大得多。

我在国际基督教大学最大的发现是"我什么也不懂"。在大学的学习和交流经历屡屡引发我的思考——"我不懂的事情还有太多，要诚恳地认清这个现实"。这个思想成了日后我经营哲学中重要一环——"知之为知之，不知为不知"的一个原点。

不过，在大学里，除了一般的学习生活，我还有很多其他想做的事，或者说，那些事才是我大学生活的重点。从孩提时起，我就特别痴迷于机械，尤其喜欢汽车。大学时期，我利用业余时间打工攒钱，买了人生中第一辆汽车，那段经历我至今难忘。那是一辆金属绿色的马自达 RX-7，搭载马自达转子发动机的一代名车，而且我的那一辆是在车友之间具有超高人气的 SA 型。虽然我买的是一辆二手车，但是当时的价格高达 88 万日元，而且那辆车很费油，可我就是喜欢它的酷炫感，经常开着它去兜风。

平井一夫和他的马自达 RX-7 在国际基督教大学中

十八九岁是玩心正盛的时期，我还经常和朋友一起去六本木的夜总会玩耍。那个时候，夜总会还叫迪斯科舞厅。当时我的玩伴中有一位名叫约翰·卡比拉，他是我在日本美国学校和国际基督教大学的校友，比我高两届。大学毕业后他进入 CBS 索尼唱片公司工作，后来我也应聘进入了这家公司。在国际基督教大学的校园文化节上，我和约翰·卡比拉还一起开过迪斯科舞会。

顺带说一下，大学期间我之所以能养得起汽车，还能频繁地出去吃喝玩乐，全依赖我教英语挣的钱。我的母校日本美国学校在放学后会开设英语口语班，我就在那里当老师。没想到那段授课经历还给我带来了意想不到的收获——当时的英语口语课主要面向孩子，但每月一次会邀请孩子的父母来参加公开课。每逢公开课之前我便会思考："如何才能让孩子的父母认可我的授课，让他们喜欢我呢？"经过我的努力，我的课程受到很多家长和学校老师的好评，他们说："平井老师很擅长做演讲。"但实际上，我是一个不喜欢面向很多人讲话的人。只因为是工作，所以不得不用心准备，也是在那个时期，我学到了演讲的精髓——搞清楚"在对谁说话，要传达些什么"。这个认知，让我在日后的工作中受益匪浅。当然，那时我可没想这么长远，只是因为不想丢掉重要的经济来源，才努力工作的。

每次一走进大学校门，我第一个要去的地方就是"D馆"，它是一座纪念馆。在这栋建筑物的一楼有小卖部和休息区，那里是我和朋友经常聚会的地方。二楼以上有戏剧部的活动室，所以经常能听到从楼上传来学生做发声练习的声音。我最享受坐在一楼休息区的椅子上和志趣相投的朋友开怀畅谈的状态，这也是全日本各地大学生的普遍状态。

少年时期我多次跨越国境摆渡于东西方之间，现在终于找到了一个让自己感觉非常惬意、自在的容身之所。在享受大学生活的同时，对于自己的未来，有一点我是非常确定的，那就是以后要作为一个日本人在日本生活。大学时的我非常认真地思考过一个问题——虽说青少年时期我在海外生活的时间比较长，但我是一个日本人，这是理所当然的事情。我不是一直生活在海外，而是反复游走于东西方国家之间，不管在哪片土地上，我都感受到了当地人把我看作"异乡人"的态度；无论走到哪里，我都摆脱不了少数派的命运。而且，随着生活场所的变迁，我所处的境地也会发生微妙的变化。小学一年级我刚到美国纽约皇后区的时候，被人称为"小日本"；小学四年级回国后，被老师没头没脑地怒斥"这里不是美国"；随后我从日本去了加拿大多伦多，回来后又去了美国旧金山，最终回到日本。在我能够自由呼吸的国际基督教大学中，有土生土长的日本学生，他们被称为"纯种日本人"，而我则被归为"变种日本人"。不管怎么说，无论在哪里，我都感觉自己被排斥在"主流"人群之外。

如前面所述，对于日本的教育体系和教育方式，我感到令人窒息的苦闷，同时也无能为力，那种厌恶感时时萦绕在我的心头。但说到底，我是在日本出生的日本人，这是无法否认的事实。在海外的生活经历，我感觉已经足够了，不需要更多的体验了。

父亲的忠告

即将大学毕业时,我迎来了找工作、走向社会的阶段。经过多家公司的面试,最终双方互相认可的公司只有两家——日产汽车和 CBS 索尼唱片。汽车是我狂热的爱好,如果想把兴趣当工作,那日产汽车无疑是首选。不过,我也很喜欢音乐。当时的 CBS 索尼唱片是现在索尼音乐娱乐公司的前身,听名字就知道,是美国哥伦比亚广播公司和索尼共同出资创建的公司。

日产汽车和 CBS 索尼唱片,两个公司都很符合我的预期,我到底选哪家好呢?眼看到了必须做决定的时候,一天我回到了位于下井草的父母家,并且有意无意地和父亲提起了选工作的迷茫。突然,父亲把我叫到桌子前,说:"你坐这里。"父亲往面前的杯子里斟满了啤酒,那画面就像电影、电视剧里"父亲和儿子对话"的场景一模一样。我说出了找工作中的烦恼,父亲斩钉截铁地说:"肯定选 CBS 索尼唱片啊。"接下来父亲所讲的理由,我至今仍铭记于心:"你听好了,如果你去汽车企业,那么等你升到科长的时候,就只能去非洲卖吉普了。"

这些话对于在汽车企业工作的人来说可能不太礼貌,但因为只是我们父子之间的私人对话,所以还请读者朋友多担待。父亲想表达的中心思想是,汽车这种大件消费品,一个人不可能拥有几十辆,那么,总有一天市场会饱和。但实际上,即便到了现在,世界上仍然有很多消费者在寻找适合自己的汽车,汽车市场仍在不断扩大。而且,像电动汽车、燃料电池汽车、自动驾驶汽车等全新类型的汽车层出不穷,可以说汽车制造业依然是一个充满刺激的产业。另外,说句题外话,吉普是美国克莱斯勒公司的主力产品,和日产没有关系,父亲说"去非洲卖吉普",只是举个例子。

父亲接着说道:"你记住,在今后的世界,软件将有无限大的可能性。"CBS 索尼唱片公司所经营的音乐,无疑属于软件的一种,CBS 索尼唱片就是索尼公司创建的第一家软件公司。在我找工作的 1983 年,"电脑"这个词在大众的印象中还是那种大型的计算机,而"个人电脑"或者"微机"这样的新词汇,刚刚见诸报端。在那个大家只知道硬件的时代，父亲就已经洞见了软件的未来，真可谓慧眼独具。至今我仍对父亲的洞察力佩服得五体投地，至于他分不清吉普是哪家公司的汽车，已经无伤大雅。

就这样，我敲开了 CBS 索尼唱片公司的大门。

CBS 索尼唱片

我于 1984 年正式入职 CBS 索尼唱片，当时，索尼这个品牌已经跃升为世界级的大品牌。虽然索尼在 VHS 与 Betamax 的影音格式大战中败北【注：20 世纪 70 年代兴起的两种录像机录制和播放标准，日本胜利公司（JVC）开发的 VHS 制式虽然图像质量不如索尼开发的 Betamax 制式，但是凭借更快的响应速度和更低的价格，最终成为全球录像机的通用标准】，而使用单枪三束彩色显像管技术的彩色电视机和 Walkman（随身听）所铸就的声誉，使索尼这个品牌收获了世界性的知名度。

顺便介绍一下，Walkman 于 1979 年面市，也就是我加入 CBS 索尼唱片的 5 年之前。"Walkman"是一个日本人创造的日式英语，因此在英国市场销售时更名为"Stowaway"，这个词有"偷渡者"的意思；而在美国市场销售时则名为"Soundabout"。在母语是英语的国家，索尼分公司的本地员工会觉得"Walkman"这个词有点别扭，但是盛田昭夫先生当时说："'Walkman'不是英语，而是索尼语！"因此最终"Walkman"成了索尼随身音乐播放器的世界通用名称。在我进入 CBS 索尼唱片的两年后，"Walkman"被《牛津英语词典》收录为新词。这比日本词典《广辞苑》收录"Walkman"还要早 5 年时间。

正如盛田昭夫所说，不管是品牌影响力还是实际利润，Walkman 都是把索尼推向世界知名品牌的功臣。

我进入 CBS 索尼唱片时，正值索尼公司因 Walkman 这一产品如日中天的时期。但说实话，对于身处 CBS 索尼唱片的我来说，总公司其他产品的红火，似乎和我没有多大关系。虽然我们也属于索尼公司，但我对 CBS 索尼唱片的认知，仅限于公司名字里存在"索尼"二字，仅此而已。在日常工作中，我经常和美国 CBS 公司唱片部门的员工打交道，而在我的工作层面，我基本上接触不到"生产家用电器的索尼公司"。我在 CBS 索尼唱片工作不久，会因为合同关系偶尔去索尼公司的总部办事，说心里话，公司总部在我眼里简直就是"另外一个世界"。我在索尼的职业生涯，就开始于远离核心的边缘地带。当然，这也是最初我自己想要的。

进入 CBS 索尼唱片，一开始我被分配到海外部，主要工作是协助宣传国外艺术家的新专辑。CBS 索尼唱片成立于 1968 年，我进公司的时候它已经走过了 16 个年头，可它位于市谷的办公场所里，依然充满了积极向上的朝气。这种氛围让我认为索尼公司就应该是这个样子的，因而没有花更多的心思去揣度索尼公司的本质面貌。

在 CBS 索尼唱片创立之初就进入公司的元老——丸山茂雄可以说是公司积极气氛的典型象征。大家都知道，谈及 PlayStation 的诞生，丸山茂雄先生在背后的支持功不可没。作为公司的老前辈，丸山茂雄对我之后的人生也产生了极大的影响。丸山茂雄还创立了 EPIC 索尼，他总是另辟蹊径，做不同于常人的事情。他创建的品牌中有一个名为

"Antinos",这个英语名字中暗含"Anti-Sony",即"反索尼"的意思。从丸山茂雄的这些性格特点,我们多少也能窥见当时 CBS 索尼唱片的公司风气。当时的公司中充满了"放手去做,敢做就是胜利者!"的气氛。敢于挑战别人不敢做、不愿做、不会做的事情,在公司里被推崇为正确的价值观。在我眼中,当时的 CBS 索尼唱片公司是一个对员工的散漫也睁一只眼闭一只眼的宽松组织。

丸山茂雄

丸山茂雄先生总是一身白色 Polo 衫配牛仔裤的打扮。他平时特别喜欢自嘲，在我印象中，不管什么场合总能看到他豪爽大笑的样子。丸山茂雄的父亲是著名的"丸山疫苗"的开发者，而我所了解的丸山茂雄，则是索尼这家大公司里的"1994 年 12 月"，他是播撒创新种子的先驱者，还是一位高情商的领导者。我和丸山茂雄先生之间发生的故事，将会在后面的章节中详细介绍。

重返纽约

在海外部的工作非常有意思。一开始，公司只是让我写一些与美国 CBS 公司唱片部门之间往来的传真内容，后来逐渐把接待外国明星到日本演出的工作也交给了我。我接待的第一个大明星是来自意大利的歌手 Gazebo。日本歌手小林麻美女士翻唱过他的名曲《我爱肖邦》，这首翻唱歌曲的日本歌名是《雨声是肖邦的旋律》。

第一次接待大明星，我当然非常紧张，但之前听说Gazebo不喜欢被人特殊照顾，所以我在接待过程中尽量保持普通规格。Gazebo在日本的行程安排非常紧凑，活动可谓一个接着一个，我还陪他一起去富士电视台参与录制了《深夜演播室》节目。虽然工作的时候异常紧张忙碌，但收工之后和Gazebo一同去六本木的夜总会"濑里奈"畅饮的时候，心里的成就感和充实感也是无法比拟的。至今，闲暇的时候我还会听Gazebo的歌曲。

置身于华丽的音乐世界中，那种快乐和幸福不言而喻，但我个人的理念是把工作和个人生活清晰地分开。我讨厌无休止地加班。我和同期进入公司的同事早川理子小姐相恋并结婚，婚后我就在远离公司的宇都宫市买了房子。通勤路途遥远，每天都要坐很长时间的城际火车。但到了周末，那充满绿意的郊区生活让我非常满意。

入职当日，公司总裁松尾修吾训示我们："你们这些新入职的员工，对公司来说你们就是亏钱的。"但在我工作不久正春风得意的时期，这句话已经被我抛到了记忆的某个角落。少年时期多次往返于日本和北美的我，如今已经过上了大学时期自己决心想要的生活——扎根在日本。至今我仍然觉得，宇都宫是个好地方。

可这样的生活，在1994年初发生了翻天覆地的变化——一天，我被上司叫到了办公室，他对我说："公司准备调你去纽约工作。"听到这个消息的瞬间，我的内心活动是："开什么玩笑，我不想再去纽约！"可是我又不敢拒绝上司的指令，只能默默接受。下班回到宇都宫的家里，我把这个消息告诉妻子，她的反应是："你真是一个言而无信的人！"妻子和我一样，也是归国子女，平时我们经常相互许诺说："我们已经过够了国外的生活，以后就一起在日本生活。"后来我才知道，调我去纽约是丸山茂雄的决定。当时，丸山茂雄跟我的上司说："听说平井非常想去纽约，如果不调他去纽约的话，他可能要辞职。"可事实正好相反，对我来说，包括纽约在内，我对外国的生活早就厌倦了。

话虽如此，但公司的命令不可违抗，我最终还是不情不愿地去纽约赴任了。之前在公司的时候，我也曾多次去纽约出差，可出差和常驻毕竟是两回事。我小学时代在纽约居住的莱弗拉克城那片住宅区就在肯尼迪国际机场通往曼哈顿的道路中间，且就在高速公路旁。当我在高速公路上看到那片茶褐色住宅楼的时候,心想:"我又回到这里了……"那种感受真是五味杂陈。

横跨太平洋改变生活场所,对我来说这已经是第七次。但是,这次派驻纽约工作极大地改变了我的人生。在东京,我在公司里的职务是股长,到纽约的公司后我的职务变成了总经理(GM)。其实这个总经理并没有听起来那么光鲜,因为从日本派来的员工就我一个人,这个头衔说白了就是什么事都得干的人。

虽然这次调动工作并不符合我的意愿,但是我转念一想,纽约可是世界娱乐的中心,在这里从事音乐相关的工作,应该也是不错的经历吧。只不过,人生有太多的不可思议。令人意想不到的是,在这里我竟然和PlayStation搭上了关系。原本只是把我短期借调过去帮忙处理PlayStation业务,不知不觉之间竟不放我回去了。

在纽约的公司里,迎接我的是一个毫无组织体系可言、破败不堪的工作现场。大家都疑神疑鬼、相互掣肘,各自朝着不同的方向前进……当时的我并不知道,那段如同在迷雾中艰难穿行的日子,竟为我日后成为经营者,在相应的岗位上发挥才能打下了坚实的基础。

5021

② 邂逅 PlayStation

久保田利伸的执念

近现代，纽约一直是全世界商业演出的中心地带。南北纵贯曼哈顿的百老汇大街上，剧院一家挨着一家。在这里，每天晚上都会上演数不清的音乐剧、歌剧。而能够在这些舞台上亮相的演员，都必须具备世界顶级的音乐才能。即使在百老汇周边小路上的音乐酒馆里，也汇聚着大批才华横溢的音乐人，他们梦想着有朝一日能够成为万众瞩目的明星。可以说，像我这样从事商业音乐行业的人，来到百老汇就相当于窥见了这个世界的顶点。不过说到底，在商业音乐的行业里我只是一个幕后工作者，所以我可以悠闲地在一旁"窥视"。对于要站上舞台展示才华的艺术家来说，在这里可就没那么悠闲了，他们必须凭借超人的天赋并付出百倍的努力才有一丝成为明星的希望。我们能见到的明星都是万里挑一的成功者，而在他们背后，不知有多少同样努力的年轻人隐没在星光之下。这个世界的残酷性，常人难以想象。尽管如此，还敢于向成功发起冲击的挑战者，他们那种一往无前的态度和努力的身姿，本身就具有一种俘获观众的魅力。

有一位艺术家就让我见识到了这样的魅力，他就是久保田利伸。在日本的时候，久保田利伸接连推出 *Missing*、*Cry On Your Smile* 等大热曲目。他在日本乐坛成为无可争议的大明星后，便转战到纽约发展。在不久之后的1994年，恰巧我也调职到纽约。这个时期，久保田利伸正在努力写新歌，为第二年在纽约的初次亮相做准备。于是，当时我见到的久保田利伸，就是一个把身家性命全都赌上、全身心投入工作的狂人。

久保田利伸一进入录音棚，就会工作到凌晨两三点，甚至通宵录歌。虽然我不直接参与录音工作，但是从他的工作状态上能感受到一种"一定要在纽约获得成功"的执念。要问我久保田利伸有什么强大之处，我可以用一句话概括，那就是"追求完美、绝不妥协"。他不只是在创作歌曲的时候追求完美，在对市场营销的讨论中他同样要求严格。不用更多的语言表达，久保田利伸的工作状态就让所有人都感受到他是拼上了自己的整个歌手生涯，必须要在纽约干出一番名堂。我记得他说过："日本歌手到了纽约，不努力的话还能干什么？即使在日本已经成了迈克尔·杰克逊一样的巨星，到了这里一样得从零开始。"

　　看到久保田利伸先生的这种态度，不论是谁都会被感动吧？当他周围的人意识到的时候，已经开始不知不觉地在想："为了帮他成功，我能做些什么呢？"久保田利伸凭一己之力，以无与伦比的热情，努力挑战一堵高墙。周围的人看到他努力的样子无不被这股热情感染，渐渐地就会被拧成一股绳，不知不觉地朝着一个方向发力。现在想来，我觉得久保田利伸先生是一个情商极高的真正领导者。随后，他的歌曲 La La La Love Song 在纽约大获成功，我想，这也是理所当然的结果吧。

"请帮助一下 PlayStation"

虽然这次调到纽约工作并非我的本意,一开始不情不愿的,但久居自安,而且这里的工作与日本不同,还挺有意思。当时我们公司的办公地是麦迪逊大道550号大楼(550 Madison),距离第五大道,这条人流如织的繁华大街并不远。那个时期,我所在的CBS索尼唱片公司更名为索尼音乐娱乐公司。在下文中,如果没有特殊说明,我都把公司简称为"索尼音乐"。

麦迪逊大道550号大楼是索尼美国公司的总部大楼,它原本属于美国AT&T公司,但在我调任纽约的前一年,这座大楼被索尼公司收购了。大楼的设计非常奢华,一楼大堂就有7层楼高,顶端还是华丽的拱顶设计。纽约矗立着帝国大厦、克莱斯勒大厦等众多超高层建筑,在它们中间,麦迪逊大道550号大楼依然非常吸引眼球。我心里有个疑问:公司的办公场所有必要选择这么气派的大厦吗?后来我就任索尼总裁的时候,最先卖掉的就是这座麦迪逊大道550号大楼。

当时我的住处在纽约郊区，要去公司所在的曼哈顿地区得穿过哈德孙河上的乔治·华盛顿大桥。我住的地方是一座安静的河边小城，绿化做得很好，也是当时日本赴美员工的集中居住区。这里还有大型的日本超市，即便带家人来生活也没有什么不方便。1995年，我在纽约生活了1年时间，基本上已经适应了。记不清是5月还是6月，CBS索尼唱片公司的老前辈丸山茂雄给我打了个电话："关于PlayStation的项目，希望你来帮把手。"他轻描淡写地向我发出了邀请。PlayStation是1994年12月在日本发售的游戏机，没想到在日本的销售情况远超预期，于是，公司想乘胜追击，在北美市场也推出了PlayStation。"啊，可以啊……"我当时好像是这样回答的。那时的我并没有意识到，这将是我职业生涯中最大的转折点。

　　关于这件事的前因后果，我觉得有必要做一些简单的说明。PlayStation是以索尼鬼才久夛良木健为中心的团队开发的新产品。久夛良木健先生原本是一名半导体工程师，他正好比我大10岁。久夛良木健先生最初参与的项目是和任天堂公司合作开发新一代带光驱的一体化游戏机。但没想到，这个项目后来催生了 PlayStation。在索尼和任天堂合作开发新款游戏机的过程中，发生了意想不到的纠纷，至今，那段往事在索尼公司内部仍是被人津津乐道的热门话题。

1994 年 12 月 3 日上市的第一代 PlayStation
©2014 Sony Computer Entertainment Inc. All rights reserved.
Design and specifications are subject to change without notice.

1991年6月，消费电子展（CES）将在美国芝加哥举行。此前，索尼和任天堂内部决定将在当年的电子展上发布两家公司合作的消息。可是就在消息即将发布的前几天，任天堂通知索尼说他们决定把合作伙伴换成荷兰的飞利浦公司。当时，任天堂的总部设于京都。为了商谈合作消息的发布事宜，久多良木健先生正在从东京赶往京都的任天堂总部，可就在去京都的路上，他得知了任天堂"变心"的消息。那天和久多良木健先生同行的还有当时索尼广告部负责人出井伸之——后来他曾担任索尼公司的CEO。

虽然任天堂单方面中止了合作，但是久多良木健先生并没有死心。他认为，既然任天堂找别人合作了，那索尼干脆自己开发游戏机算了。当然，这对索尼来说无异于一场豪赌，公司内部也有很多反对的声音。大约过了1年，在公司经营会议上的一场辩论，成了索尼公司内部的一个"传说"。当时的状况对久多良木健先生来说非常不利，出席会议的大部分干部都反对索尼参与游戏机事业。在这种情况下，久多良木健先生开始了他的"赌博"。他知道，要想压制公司里反对的声音，最好的办法就是"射人先射马，擒贼先擒王"。

2 邂逅 PlayStation

于是，他只对当时的公司总裁大贺典雄一个人发起了游说。

一开始，久夛良木健先生一直在讲技术问题，他索性说起了大话，把自家游戏机的技术规格吹得天花乱坠。关于会议上的这段对话，麻仓怜士所写的《索尼的革命者》一书中有详细记载。有关会议上的具体情况，我也只是"道听途说"，因此在这里参考《索尼的革命者》中的内容为大家介绍。

"你可不能吹牛啊！"大贺典雄总裁似乎看透了久夛良木健先生的"虚张声势"。而久夛良木健先生并不纠缠这个问题，直接抛出了别人都不敢说的那句话："任天堂那样对我们，您就打算忍气吞声吗？"这简直是在大贺典雄总裁的怒火上又浇了一瓢油，可久夛良木健先生不仅毫不让步，还更加咄咄逼人，"请您做决断！"

结果，大贺典雄总裁果然中了激将法："既然你这样说的话，那就证明给我看，看你说的能不能做到。"接着，总裁重重地拍了一下桌子，说，"我们做了！"

任何人讲 PlayStation 诞生的故事时，一定都会引用大贺典雄的这句"我们做了"！

丸山茂雄与久夛良木健

　　PlayStation 后来成了索尼公司的支柱性项目，谁能想到它的诞生还有这么一段颇具戏剧性的故事。在十分不冷静的辩论中起步的 PlayStation 项目，开发过程中也遭遇了公司内部的各种阻力。

　　讲到这里，即将登场的人物是丸山茂雄。在 CBS 索尼唱片起步之初，丸山茂雄就从广告行业跳槽加入了公司。他是 CBS 索尼唱片的元老，更是我的老前辈。他的父亲是著名的"丸山疫苗"的开发者，还和大贺典雄总裁是远房亲戚。在我的印象中，丸山茂雄总是随意地穿一身便装出现在公司，见谁都能大方爽快地搭上几句话。他的性格中有地道东京人的那种爽朗，他经常用他独特的粗鲁语调开玩笑。

　　因主张开发 PlayStation，久夛良木健先生在公司内部树敌很多。这时为他提供支持的不是别人，正是丸山茂雄。CBS 索尼唱片的工作已经不能满足丸山茂雄的胃口，于是他单独成立了主要做摇滚乐的 EPIC 索尼公司。CBS 索尼唱片的地址位于市谷，而丸山茂雄有意和 CBS 索尼唱片保持距离，把 EPIC 索尼的办公地址选在了东京港区的青山。随后，他把久夛良木健先生请到了青山，让他在那里安心开发游戏机。现在大家都把久夛良木健先生称为"PlayStation 之父"，这完全正确，可当初若没有丸山茂雄先生等人的支持，恐怕 PlayStation 也难有日后的成就，这也是不争的事实。

在索尼公司内部，反对开发 PlayStation 的人在公司里占大多数。其实我最初也属于反对派，我当时不了解游戏行业的意义，所以觉得"公司有必要开发游戏机吗？""我们不应该往那个领域发展"。说到游戏，我记得自己最后一次玩游戏机还是高三的时候，我放学回家玩掌上游戏机，在那之后，我就再也没碰过游戏机了。虽说后来任天堂的 FC 游戏机（红白机）引发了游戏热潮，但那时我已经进入社会工作，对游戏不再感兴趣。

运营 PlayStation 的索尼电脑娱乐公司（SCE，现在索尼互动娱乐公司的前身）成立之后，他们的员工给我打电话自我介绍"我是 SCE 的……"时，我还会搞错，问："是索尼创新产品部门（Sony Creative Product）吗？"这样一个对游戏不感兴趣的我，当丸山茂雄先生说"请帮助一下

PlayStation"的时候,我并没多想就答应了。之所以这么轻易就答应他,还有一个原因是他口头承诺:"圣诞节购物季结束后,你再回去做你的音乐就是了。"丸山茂雄先生还说,"说是请你帮助工作,其实也就是当 SCE 的总裁德中晖久到美国出差的时候,你帮他拎个包的事。"PlayStation 即将在北美上市的这个重要的准备时期,我想丸山茂雄先生的压力肯定也很大,这也是我决定帮他的一个重要原因。

SCE 在美国的分公司是 SCEA(索尼电脑娱乐公司美国分公司),地址位于美国西海岸旧金山国际机场附近的福斯特城。福斯特城是旧金山湾区的临海住宅区,我一开始是抱着"偶尔去加州晒一下太阳也不错嘛"的轻松心情开始我的帮忙之旅的。

《山脊赛车》的冲击

虽然我对游戏没多大兴趣,但是既然去 SCEA 帮忙,在

PlayStation 上市之前我还是决定去借一台来体验一下。当时我玩的第一款游戏叫《山脊赛车》。这是一款 3D 游戏,当玩家操控汽车行驶时,前方的场景会像现实中一样向后移动。第一次玩让我惊讶不已:"这是在家里就能实现的效果吗?!"那种现场感非常震撼,与我了解的其他 3D 游戏都不一样,《山脊赛车》更加逼真。虽说我对游戏的记忆还停留在高中时代的掌上游戏机,但平时也会有意无意了解当下家庭游戏机的发展,可没想到 PlayStation 上的游戏其水准竟然已经达到了空前的高度,丸山茂雄先生功不可没。

说一件逸事。2006 年在洛杉矶举办的电子娱乐展览会(E3)上,PSP 发布了,在现场,我用 PSP 演示了《山脊赛车》的玩法。当进入菜单界面的时候,游戏中会发出"山脊赛车"的英文声音 Ridge Racer,而我可能是因为兴奋,模仿游戏中的声音也喊出了"山脊赛车",由此,一部分人就给我取了个"山脊平井"的外号。在感动于《山脊赛车》的出色体验的同时,我也意识到自己以前对游戏的理解是肤浅的。但是,在那个时点,尽管我看到了游戏的强大之处,我仍然不确定游戏是否能发展成赚钱的生意。后来发生的一件事，打消了我心中的疑问。

　　PlayStation 在美国的发售时间是 1995 年 9 月 9 日。那一天，我也到旧金山出差，为 PlayStation 的上市助威。就在 4 天前，久保田利伸先生完成了他在美国的首次亮相，发布了新的专辑，所以，我身在旧金山，心里更惦记久保田利伸先生发表的新专辑。即使能收到专辑销量的最新报告，我仍想了解销售现场的情况。于是我走进旧金山街边的一家唱片店，看见店里张贴着久保田利伸先生的专辑海报，店主告诉我这张专辑卖得还行。我终于舒了一口气，心想："久保田利伸先生好不容易走到了这一步……"

　　出了唱片店往前走，我看到一家游戏机商店门前排起了长龙，这些顾客在排队购买 PlayStation。当初 PlayStation 在日本上市时，备货的 10 万台很快就被抢购一空，但这里可是文化迥异的美国，没想到人们对 PlayStation 的期待同样强烈。

　　久保田利伸先生在美国推出的第一张专辑 *Sunshine, Moonlight* 在日本公信榜（Oricon Chart）坐上了周冠军的宝座，但在美国的风评无法让我这个负责人感到满意，而与此同时，PlayStation 对我造成的冲击实在太大了。

2　邂逅 PlayStation

《山脊赛车》的游戏画面
©BANDAI NAMCO Entertainment Inc.

  我是在久保田利伸先生身边看着他的努力，感受着他的热情，一步一步走到现在的，所以我对他的成就有很高的期待，因此现实让我的心情十分复杂。而轻松答应丸山茂雄先生给 PlayStation 帮个忙，也并没有付出多少努力，却看着这款游戏机在美国受到狂热的追捧。当然，拿音乐和游戏进行对比，没什么实际的意义，但是，在那个时候两者间的反差引发了我深入的思考。从日本向世界输出的软件，代表着日本向世界输出的文化。从这个意义上说，日本游戏产业说不定真能在全世界做大做强。虽然我心里对这种想法还是有所抵触，但是已经隐约感觉到游戏产业日后能达到的高度也许会超过音乐。这是我第一次意识到游戏产业隐藏的巨大可能性。

四分五裂的 SCEA

要在美国把 PlayStation 业务推上正轨，还存在一个很大的问题，那便是 SCEA 的经营管理问题。首先，SCEA 没有一个完整的指挥命令系统，公司经营处于一种混乱无序的状态。究其背后的原因，说白了就是主导权之争。

众所周知，当时 PlayStation 的最大竞争对手是世嘉公司（SEGA），而 SCEA 的总裁是从世嘉挖来的史蒂夫·赖斯。

史蒂夫·赖斯总裁的直属上级是索尼在北美的总公司——索尼美国公司（Sony Corporation fo America）的总裁迈克尔·舒尔霍夫。

迈克尔·舒尔霍夫被认为是公司总裁大贺典雄的心腹部下，实力很强，而大贺典雄是直接受到索尼创始人井深大先生和盛田昭夫先生熏陶的经营者，他也是索尼创立最初的50年里的最后一代总裁。他作为索尼公司的最高权力拥有者，在我看来简直就是"天上的人物"，但接下来的关系有点复杂。

SCEA是索尼美国公司的子公司，原本只是为了试水开拓北美游戏市场而创建的，因此SCEA并不直接归东京的索尼公司总部管理，而只听命于纽约的索尼美国公司。有纽约的迈克尔·舒尔霍夫总裁做后盾，所以SCEA总裁史蒂夫·赖斯往往对东京方面的意向充耳不闻，而只按照自己的意图走独立经营路线。在北美市场，PlayStation的LOGO也是他们独自设计的，他们还擅自设计了拟人化形象"多边形大叔"，企图为PlayStation打造别具一格的风格。不仅如此，他们还想改变在美国市场销售的PlayStation游戏机的机体颜色,还说"PlayStation"这个名字差点意思,甚至提出更改名称的要求。

这一系列动作 SCEA 并没有知会东京的久夛良木健先生和丸山茂雄先生,而是擅自在美国进行的。后来,二人对此感到非常头痛。与之前介绍的 Walkman 一样,索尼也准备对 PlayStation 实施世界统一形象的战略,因此,对于 SCEA 擅作主张的行为,久夛良木健等人绝不会置之不理。在东京方面强烈的反对之下,"多边形大叔"的代言形象在临近正式发布之前被撤消了。后来,史蒂夫·赖斯先生在 PlayStation 正式发售前 1 个月辞去了 SCEA 总裁的职务,正好是我被借调到 SCEA 去帮忙的那个阶段。

在这个关键时期,还发生了"政变"。1995 年 12 月,PlayStation 在美国市场发售刚刚 3 个月,索尼美国公司的迈克尔·舒尔霍夫总裁突然辞职。据说背后的原因是,他与大贺典雄的后继者,索尼公司的新总裁出井伸之先生之间存在激烈的矛盾。但对我来说,他们之间的矛盾斗争就像是天上的神仙打架,我并没有太多感触,顶多就是从《华尔街日报》和《日经新闻》上读到相关报道,然后感叹一句:"索尼公司也不容易啊！"仅此而已。

不过，对于东京的 SCE 管理层而言，这倒是一个建立 SCEA 指挥命令系统的好机会。作为史蒂夫·赖斯的继任者，公司任命原索尼公司电器部的市场负责人马蒂·霍姆里斯担任 SCEA 的总裁。

终于到了重建 SCEA 的时候，但常规的方法在这里行不通。在重建 SCEA 的过程中，给我印象最深的事情是马蒂·霍姆里斯先生身上发生的巨大变化。他原本是一个思维开放的人，打算在公司里构筑一种"大家一起努力"的氛围。但是没过多久，马蒂·霍姆里斯先生的脸上就时常浮现一种神经过敏的紧张表情。马蒂·霍姆里斯先生让人把自己办公室窗子的玻璃都卸掉，然后把窗子封了起来，从外面看不见里面。他说："有窗子的时候，即使关闭百叶窗帘，也总感觉有人在外面窥视自己。"但把窗子封起来之后，他和现场团队之间的关系就开始疏远，也很少进行沟通。看到马蒂·霍姆里斯被压力逼到这个地步，我不得不向东京方面汇报："看起来他无法胜任这个工作。"

东京管理层对马蒂·霍姆里斯抱有很高的期望，但也可能正是过高的期望压垮了他,他早早选择了放弃,但丸山茂雄先生在这时展现出了不放弃 SCEA 的决心。虽然丸山茂雄先生曾对我说:"圣诞节购物季结束后,你再回去做你的音乐就是了。"但是后来,他希望我延长在 SCEA 的时间:"不好意思,你再帮马蒂一下吧。"随后马蒂·霍姆里斯便被不断逼入绝境,没过多久,他被调回了电器部门。

在这个节骨眼上,兼任 SCEA 董事长的丸山茂雄用行动展现了他要重整 SCEA 的决心。他宣布:"我每周都会从东京飞过来。如果我累倒了,就让久夛良木健先生接着过来。"随后,丸山茂雄就像他说的一样,每周都会从东京飞到旧金山附近的福斯特城来指导 SCEA 的工作。他周一参加索尼音乐公司的干部会议,周二去东京的 SCE 上班,周三就坐上飞机飞往美国。由于时差的关系,等他飞到旧金山还是星期三,一下飞机就马不停蹄地工作,周四和周五就在 SCEA 度过,然后周末再飞回东京……他真的每一周都是如此。

丸山茂雄先生当时 55 岁左右,虽说正值壮年,但那个日程安排的强度也太大了,估计只有超人才能够坚持下来。看到他这样拼,我也不好意思再说"我只是来帮忙的"了。

于是，他每次到美国后我都跟随他四处奔走，以重整 SCEA。

每次我在旧金山国际机场接到丸山茂雄先生后，在去位于福斯特城的 SCEA 之前，我们会先去机场附近的凯悦酒店，在那里一起用午餐。我们最常吃的是那家酒店的意大利面。用餐的过程中，我会先汇报他不在的半个星期里公司发生的事情，然后我们当场讨论解决对策。当我们把对策都准备好之后，再一同前往 SCEA。因为我们事先有了充分的准备，所以到公司之后马上开现场会。丸山茂雄先生用日语做出指示，我则当场翻译成英语传达给职员。对于丸山茂雄先生简洁的日语指示，我往往会用几倍数量的英语进行解释说明，所以当地不懂日语的职员都以为"原来使用日语比使用英语的效率高多了"。

35 岁的我着手经营重建

就这样，我们艰难而稳健地推动着 SCEA 公司指挥命令系统的统一和重建。但是，每周往返于日美之间的"空中飞人"生活，对丸山茂雄先生的健康产生了很大的影响。半年之后的一天，丸山茂雄先生对我说："我太累了，你来当 SCEA 的总裁吧。"也就是说，他让我接替已经调回电器部门的马蒂·霍姆里斯，出任 SCEA 的总裁。这可把我吓到了，当时我只有 35 岁。

SCEA 虽说是美国当地的法人公司，但在索尼总公司中也是相当有分量的子公司。我在索尼音乐公司时，到纽约赴任之后才得到了总经理（GM）的头衔，在东京时只是个身在基层的股长。而且，我本来是索尼音乐的职员，并不是 SCE 的职员，所以，我打了退堂鼓，觉得怎么看我也不是当总裁的料。"这……虽然是总裁您的任命，但是突然让我做 SCEA 的总裁，恐怕难以服众，估计当地的职员都不会认可我。"但是丸山茂雄先生说："你总能掌控局面，你的话美国人也愿意听。"

当我反驳说自己没有掌控局面的能力，他接着说道："原本索尼音乐公司就是鼓励年轻人不断尝试创新的公司，所以，你也试着当当总裁。"他这样一说，我倒觉得确实如此。虽然索尼音乐公司不同于索尼公司，它的优点就是鼓励年轻人放手去尝试，但是突然让我当SCEA的总裁，我实在没有信心把一个四分五裂的组织统合起来。

"那，先让我做'临时总裁'怎么样？"就这样，不任命我为总裁，而是让我当EVP（Executive Vice President，执行副总裁）兼COO（Chief Operation Officer，首席运营官），SCEA总裁暂时空缺。丸山茂雄先生依然是SCEA的董事长，但他不再像以前那样每周都飞来美国了。世事真是难料，不久前我还只是一个小小的股长，现在却以"临时总裁"的身份实际掌管了SCEA的经营管理权。

点燃我心中的奋斗之火的，还有丸山茂雄先生随后的一句话："让你掌管SCEA的事，我已经跟出井总裁和伊庭财务官说了。"我心想："什么？都已经和出井伸之总裁打招呼了？"出井伸之先生是当时索尼公司的总裁，伊庭保先生则是索尼公司的首位CFO（Chief Finance Officer，首席财务官）。

从整个索尼公司的角度来看，SCE是它的子公司，而SCEA只是SCE在美国的分公司。但是SCEA扮演着"试金石"的角色——看 PlayStation 在北美是否有市场，也就是说，SCEA 担负着为索尼公司开拓海外市场的重任。由此可见，在丸山茂雄先生让我掌管 SCEA 之前，肯定是和出井伸之总裁、伊庭保首席财务官商议过的。

不过，当时的我可是一个完全没有经营管理经验的门外汉。而且，交给我这个门外汉掌舵的公司，刚刚接连换了两任总裁。我是丸山茂雄先生点名指定的管理者，如果我失败了，那么他肯定也要承担用人不当的责任。"全交给你了！"丸山茂雄先生的一句话，就把 SCEA 的经营权交给了我。如此宽大的度量、如此坚定的信任，我想不管换作是谁，都会拼命去报答他的知遇之恩吧，是他按下了我内心的启动开关。随后，我搬离纽约，迁到了旧金山的福斯特城。

我认为，一名领导者必备的资质是"能做方向性的决策，并对自己做的决策负起责任"。即便在后来，我当上了索尼公司的总裁，这句话依然时常在我头脑中闪现，因为那是我的信念，这也是丸山茂雄先生在任命我领导 SCEA 时教会我的。我当了 SCEA 的经营者后，丸山茂雄先生也并不是完全放手不管。我还经常向他征求意见，不，应该说是"异见"。有时他也会否定我，并对我说："我觉得这个不对。"但对于我已经做出的决定，他绝不会再多评论一句。

哭泣的职员

被火线任命为 SCEA 的实际经营者之后，我很快就认识到了公司的状况比我想象中的还要严重。以前我从事的工作主要在音乐行业，因此，对于游戏行业，我基本算是个门外汉。而且，在当地职员眼中，也许我只是一个东京总公司指派来的日本人而已，说白了就是个"监视者"的角色。深刻认识到 SCEA 的问题时，我已经在不知不觉之中被推上了起跑线，箭在弦上不得不发。

还好我是从纽约来到福斯特城的，总比从日本直接过来，与职员之间的心理距离要近一些。尽管如此，我还是要想办法让职员们真正了解我这个名叫"平井一夫"的人。同时，我也要摸清职员们平时都是怀着什么样的心情和想法来公司上班的。于是，上任后我马上采取一对一谈话的形式开始了我的摸底行动。也正是通过一对一谈话，职员们的心声逐渐浮出了水面。

"我打心里觉得 PlayStation 是个非常好的产品，但是，我已经不想在这个公司干了。"有的职员说着就哭了起来。我还记得自己拿起桌上的纸巾递给她擦眼泪。

"公司的精神压力太大了。"

"大家都在自己做自己的，没有一个统一的方向。"

让我特别难受的一段话是："我每天来上班是为了挣薪水。为了对得起公司给我的薪水，分配给我的任务我也尽力超额完成，争取为公司做贡献。可是，拿着更高薪水的家伙却在不断给我的工作设置障碍。关键是管理层还对此视而不见，这就更恶劣了。这样的工作环境我真是受够了！"不得不说，这位职员说得没错。我耐心听他说完，他每说一句我就点一次头。

在和职员一对一谈话的过程中我发现，这样内心充满负面情绪的职员还不只一个两个。这让我一度自嘲地认为："难道我的工作是心理治疗师吗？"上面提到的一些职员心声，起码还能归类入"建设性意见"，但实际上更多职员在和我沟通时，在直截了当地出卖自己的同事。

"那家伙不值得信任。"

"你要许诺我当副总裁，我就为你工作，但是要先把×××和○○○开除。"

听了这些话，我哑口无言。看来，SCEA 这个组织已经无法正常运转，不！应该说就是一摊烂泥！

公司的问题严重到这个地步，背后一定是有原因的。SCEA 经常标榜自己是硅谷风格的科技企业，虽然说不清它有硅谷科技企业的哪些优点，但是确实有硅谷科技企业的缺点。团队与团队之间，团队内部的同事之间，无时无刻不在竞争，他们奉行彻底的竞争主义。说好听点叫实力至上主义，但要过度的话就会出现相互掣肘、相互诋毁的副作用。

越棘手的工作越应该由领导者来做

要从根本上改变、重建这个组织，我该从何入手呢？对于毫无经营管理经验却又被火线任命为负责人的我，一切都只能摸索着前行。但有一点我是明确的，也正如职员们抱怨的那样，只要管理团队得不到清理整顿，职员们就不愿在这些人的领导下工作。想到这里，有一项无论如何也无法回避的工作浮出了水面。

  对于一个组织的领导者来说，最棘手的工作莫过于让一部分员工离开公司，说好听点叫"管理层重构"，实际上就是辞退员工。比如说，大部分职员觉得某位管理者"总是把办公室政治带到工作中来"，如果还把他留在公司，第一，对公司的发展不利，第二，有他在，其他职员就没法安心工作。而且，我已是箭在弦上，不做些工作怎么对得起自己的头衔。更何况，像辞退职员这种棘手的工作，我更是没有犹豫的余地。于是，对于想辞退的人，我选择自己去和他们谈："你和这个公司没有缘分了，我们决定辞退你。今天你可以直接回家了，明天早上6点之后你再来公司，会有安保人员陪同你到办公室，到时你可以处理你的私人物品。"

  真是无情的宣告。但我不会把这项工作甩给人事部门，我必须亲力亲为,而且要和辞退对象一对一谈话。直到很久以后,只要当经营管理者,我就一直坚持这个理念。后来,当辞退同样在管理层且是我的前辈(为公司做贡献的时间比我长的人)的时候,我会亲自沟通并一对一宣布辞退决定。从大的方面说,理由主要有两个:第一,对于为公司做了很长时间贡献的人,要表示足够的敬意;第二,如果把这种得罪人的工作甩给别人,众人会对我有意见,以后也不会踏踏实实地追随我一起奋斗。举个例子,如果我把辞退高级职员的工作丢给人事部门,大家势必会想:"遇到好事的时候,平井一夫总是抢在前面出风头,至于这种费力不讨好的棘手工作就甩给我们。"这样一来,以后谁还会真心实意地追随我呢?

　　成为企业的经营管理者之后,每天会有各种各样的事情需要我做决策。当然,其中大部分是程序化的裁决,只需走个流程即可,但也有不少是非常艰难的,我每做一个决策都会伴随着极大的痛苦。从我的个人经历来说,SCEA 是我的起点,后来经过东京的 SCE 总部,再到索尼公司总部一共迈过了 3 层台阶,每一次我都要面对"经营重建"的课题,每一次都要做很多艰难的决策。

在 SCEA 工作期间，我还处于摸索期，但那时积累的经验在很久以后成为我始终贯彻的大原则，从未改变。这个原则就是——越是艰难的决策，越是伴随着痛苦的决策，就越需要经营者亲自做出，并亲自宣布。在遇到这种情况的时候，一个合格的领导者是绝对不会当逃兵的。

我经常会问公司的高层管理者："如果你的职位需要由部下投票选出，那你有当选的自信吗？"当然，这也是我经常扪心自问的问题。

年功序列制度（注：一种传统的薪酬和晋升制度，这个制度规定员工的薪酬和晋升由他们为组织工作的时间和个人资历决定，与个人能力和业绩无关），是日本企业的传统，但索尼公司一直致力于在自己的公司内部削弱乃至消除这种传统的人事晋升制度。尽管如此，在一个部门或团队中，往往还是任职时间长的人更容易获得晋升。也正因为如此，我才经常提醒部门或团队的领导要时刻反思"如果由部下选举，自己是否还有把握当选"。当然，也不能一味靠讨好、巴结部下来谋求上位。

2 邂逅 PlayStation

我不厌其烦地重申，一个领导者，面对艰难的决断、得罪人的决策，就是要一马当先。而且，在这种情况下领导者还要反思自己能否得到部下的认可，能否获得部下的"选票"。在困难的情况下推卸责任、当逃兵的领导者，自然无法得到部下的"选票"。因此，压根儿就不能有"逃跑"的心理，更不能表现出"逃跑"的姿态。辞退公司中的前辈，就是艰难决策的一个好例子。说心里话，但凡有一线可能，我也不愿辞退供职多年的前辈，但有些时候不得不这么做。即使在当了索尼公司的总裁之后，我依然坚持这一原则，但有一次我因此遭遇险境。

当时，我要辞退美国公司的一位高层管理者，为此我准备从旧金山飞往纽约，但预定的那天下起了暴风雪，几乎所有航班都已停飞。如果那天我不能赶到纽约把这件事情解决，那位高级管理者就要出差了，而我也不知道自己下次去纽约是什么时候。那样的话，谈辞退的事情就不知道要拖延到什么时候了。于是，我决定冒着暴风雪乘坐公司的私人商务飞机赶往纽约。

在飞行途中，飞机不出预料地遇到了强烈乱流，在空中颠簸得很厉害。当时我心里真的在想："我们是不是要坠毁了？"那一刻从舷窗向外望去，只看到浓浓的云层。机舱内剧烈颠簸、摇晃，同时能听到咔啦咔啦的声响，我感觉飞机马上就要散架了。突然，"咚——"的一声巨响，我差点从座椅上弹起来，但我悬着的心却放下了——感觉我们应该是着陆了。

那时因为工作，我乘坐飞机的次数是大部分人难以想象的，一年中我有大部分时间在世界各地飞来飞去，说我是"空中飞人"也不为过。当然，在飞行过程中遇到乱流也是家常便饭。但是，真的让我感到恐惧，以为自己要完蛋了的经历，就只有那一次飞行。后来我和负责那次航程的飞行员聊起那天的事，他笑着说："那不是着陆，而应该说是'可控的坠机'。"虽然他当作笑话来讲，但是回想起来我不禁脊背发凉。总而言之，即便要冒生命危险，我也要亲自向本人宣告辞退的消息。

同伴

来到 SCEA 后,在组建团队的时候我还是非常幸运的。几乎在我从纽约到旧金山福斯特城的同时,公司从东京派来了安德鲁·豪斯。我平时喜欢昵称他为"安迪"。他对于我来说,是重整 SCEA 过程中一位不可或缺的同伴。

安迪出生于英国的威尔士,毕业于牛津大学的英美文学专业,但他可以说一口流利的日语。据说他在学生时代,曾以"要在沙漠中心做化学实验"为由,找人为他赞助了一辆汽车。他驾驶着汽车开始了撒哈拉沙漠之旅,并以这趟旅行为契机,开始热爱异域文化。后来,在日本政府举办的国际交流项目中,安迪应征来到日本,被分配到仙台市教英语,日语就是他那个时候自学的。再后来,他应聘进入索尼公司,作为广告负责人参与了久夛良木健先生的 PlayStation 项目。PlayStation 发售和 SCE 公司创立的新闻稿都是他写的。不久之后,他被调到了刚起步的 SCE 公司。他这次调来旧金山的 SCEA 公司,是担任副总裁,负责市场营销工作。再后来,安迪的能力得到索尼公司 CEO 霍华德·斯金格的赏识，因此他得到了负责整个索尼公司的市场营销工作的机会。2011年，当我从SCE总裁晋升为索尼公司副总裁的时候，安迪就成了我的接班人，当上了SCE的总裁。

安迪和我一样，也是一上任先倾听职员们的烦恼。因为，从纽约来的我和从东京来的安迪，原本对SCEA公司的情况就了解不多，如果我们一上来就突然实施经营改革，那势必会遭到职员的质疑，所以，我们最初先耐心倾听职员的心声，争取做到尽快把握公司的现状。在这一点上，我和安迪的想法不谋而合。

那段时间，一天的工作结束后，我就会和安迪分享各自"听到的职员心声"。我们俩的谈话很有意思，会根据内容的需要，不停地在英语和日语之间切换。当时的我35岁，安迪31岁。在我的印象中，那时SCEA市场部的营销专家杰克·特莱顿也经常加入我们的讨论。回想起来，当时我们讨论的话题大多聚焦在"今天"或"明天"上，很少谈论远大的梦想或未来的计划。因为我们一致认为，结束公司当前的混乱、消除积弊、重建健全的组织才是当务之急。"如果不能建立一个内部统一的公司，职员怎么可能爱上自己的公司，怎么可能怀着自豪感工作呢？"

创作者优先

我对 SCEA 的管理主要体现在清理整顿经营管理团队，重建原本几乎形同虚设的决策系统和人事系统，让 SCEA 朝着一家"正常的公司"迈出第一步。在公司的经营层面上，游戏机的市场销售情况非常火爆，我该如何应对这个势头呢？

经过深思熟虑，我制定的方针是"创作者优先"。PlayStation 是以久夛良木健先生为中心的产品研发团队呕心沥血研发出的优秀硬件设备。就连不太了解游戏的我，在只玩过《山脊赛车》之后，就已经感受到游戏行业的广阔前景。可是有一点需要注意，游戏这项事业能否取得成功，还不单单取决于游戏机的硬件性能，优秀的游戏软件可能会比硬件发挥的作用更大。所以我认为，首先要为游戏软件的创作者营造一种更好的工作氛围，让他们觉得"我想为PlayStation开发游戏""为PlayStation开发游戏能够更好地展现我的世界观"，这才是让PlayStation取得进一步成功的第一步。

因为我之前一直在音乐行业工作，所以产生这样的想法也是顺理成章的事情。毋庸置疑，在音乐的世界里，音乐家的创作是一切的开端。有关音乐的所有商业活动，都必须建立在优美乐曲的基础之上。如何把音乐家创作出来的优美乐曲以及蕴含其中的个性更好地展现在世人面前，让更多的人知道，那才是我们的工作。也就是说，在音乐的世界里，"音乐家优先"，而在游戏的世界中也是同样的道理，就应该是"创作者优先"。

不过，那个时期我刚从音乐行业转入游戏行业，还没有意识到索尼公司的支柱是电器部门，实行的是以硬件为主的运营模式，而音乐、游戏的商业模式和硬件研发销售完全不同。决定电视机、录像机这类产品销量的是硬件的品质，具体讲就是如何播放出清晰、美丽的画面，如何播放出如临现场般的声音。电视机、录像机追求的是这些指标。要制造出优秀的家电产品，还需要向公司外部寻求帮助，比如零配件供应商的制造能力，也必须达到相当高的水平。但在索尼内部的研究所、开发现场，需要积累产品差异化的经验，必须有能力开发出不同于现有产品的新产品。

　　音乐和游戏就不能运用这样的商业模式了，因为没有好的乐曲或游戏，这门生意就无从谈起，而且还需要依赖公司之外的音乐家、游戏创作者进行创作、开发。如果没有优秀的游戏软件，那么一台游戏机不管使用了多少高科技，不管性能多么强悍，都只是一个毫无用处的"盒子"。开创出家用游戏机市场的任天堂公司，在公司内部可以不断开发出新的游戏软件，举世闻名的游戏《超级马里奥》就是一个典型的例子。这款游戏至今仍称得上是任天堂的"门面"。另外，除了任天堂公司自己能不断开发出热门游戏软件，还有专门的第三方公司为它开发游戏。这些第三方游戏开发公司都围着任天堂的"红白机"运转，这也是让红白机取得巨大成功的因素之一。而出于历史原因，索尼在游戏领域有自己固有的问题。这种模式和很久之后的智能手机的商业模式类似。智能手机因为可以随时随地联网，所以非常方便，但前提是需要有很多好用的应用程序（App），也就是说，需要建立一个丰富的 App 平台。换句话说就是手机厂商（手机系统厂商）要和第三方软件公司共同建立良好的生态系统，才有可能让手机在市场上取得成功。

我们再说回游戏。索尼是游戏领域的"后发者"，它不像任天堂或世嘉那样，一开始就有自己的游戏软件开发公司或创作者。所以，如何把更多、更优秀的第三方游戏软件开发公司拉到 PlayStation 的大家庭中来，激发它们为 PlayStation 开发更多、更优质、更有趣的游戏，才是 PlayStation 的生命线。所以，"创作者优先""第三方开发公司优先"的口号我们会反复强调，尤其是在创作者和第三方开发公司聚集的活动上，我们不断向他们宣传 PlayStation 的这一理念。这是 SCE 的整体战略，作为美国分公司的 SCEA 凭借自己的力量是无法实现这一战略的。但我会思考，在这个整体战略中，SCEA 能做些什么，并把自己能做的事情传达给创作者和第三方开发公司。

我主要思考的问题是我们和创作者之间的利益该如何分配，顾客想要什么样的游戏，以及我们想利用 PlayStation 来构筑怎样的世界观。我必须先搞清楚这些问题,然后在此基础上建立起能让创作者积极发挥创造性的体系。否则,我们在游戏市场上是没有胜算的。从这个意义上看,我发现了排他性协议的重要性。就是说,为了让创作者只为 PlayStation 开发游戏,我们有必要和他们签订排他性协议,并为此支付一定的费用。签订排他性协议之后,创作者开发的热门游戏,玩家只能在 PlayStation 上玩到,这样一来就可以促进 PlayStation 的销售。

不过这里面也有一个陷阱。举例来说,如果我们想和某个游戏开发公司签订排他性协议,那么这家公司的经营者肯定很高兴。因为协议规定,他们公司可以从 SCE 获得稳定的收益。但这家公司里的游戏创作者会怎么看待这件事呢?这些创作者当然希望他们开发的游戏可以在各种品牌的游戏机上运行,可以让更多的人玩到自己开发的游戏。这就和音乐家希望自己创作的乐曲被更多人听到是一样的道理。如果为了独占更多热门游戏的使用权,而随意、大量签订排他性协议,就可能让真正在一线开发游戏的创作者的积极性受到伤害,甚至使他们转投其他阵营。那样的话不但得不到"利息",而且恐怕连"本金"也要赔进去。这是我和安迪等管理层经常探讨的问题。

不一味追求数量

创作者想要的是什么,而我们 SCEA 又能做些什么?在和游戏软件开发公司签订排他性协议的时候,我们会明确告诉对方公司的创作者:"是为了更好地支持你们的开发工作,才签订这个排他性协议。为此,我们能为你们做的事情有……"当然,我们做不到的事情,也会讲清楚,这一点非常重要。另外,我们管理层还得出一个重要的结论,那就是明确了"质比量更重要"的战略路线。

不过,这个战略路线与久夛良木健先生领导的 SCE 总公司的路线,明显存在偏差。说得极端一点,东京 SCE 方面认为游戏软件的产品线越丰富越好。但是我认为游戏产品种类太多的话,反而不容易推出像《超级马里奥》那样具有代表性的拳头产品。SCE 是刚杀入游戏市场不久的后来者，当时，SCE 面向日本游戏消费者的宣传语是"全部的游戏，都在这里"，因此，公司非常希望丰富游戏数量，拓宽消费者的选择面。但我认为如果推出的游戏产品太多，品质良莠不齐，那么当消费者玩到无聊的游戏时，就会对 PlayStation 感到失望，那岂不是得不偿失？当然，最终到底哪款游戏会大受欢迎，日本和美国游戏玩家的主观偏好还是有差异的。而我们在审核游戏开发公司创作的新游戏时，也经常会遇到不尽如人意的作品，这时我们也会明确告知对方："这款游戏我们不太满意。"

在判断一款新游戏是否合格时，即使它完全符合 SCE 的技术标准，只要我们主观地判断游戏内容不太有趣，就会果断将其否决。因此，合作的游戏软件开发公司经常会向我们提出抗议："东京的 SCE 总公司都已经许可了，为什么你们美国分公司却把这款游戏否决了？"这类抗议大多来自日本的游戏软件开发公司，因此，他们也会把我们投诉到东京的 SCE 总公司去。SCE 的人就会抱怨："又是平井他们给否定的。"

这也是美国和日本市场行情差异造成的。在日本，有大型家电量贩店和电脑城，它们都可以拿出较大的面积来集中销售游戏机。而且，早些年任天堂红白机的火爆，让日本的大街小巷中开了不少小型游戏机商店。可美国就不一样了，美国没有日本那样的大型家电卖场。当时美国只有 Bestbuy（百思买）一家大型家电卖场，其余就是沃尔玛、Target（塔吉特）、Sears（西尔斯）之类的大型超市、商场，它们的经营范围很广，从生活用品、生鲜食品再到家电等。那个时候，亚马逊还没有售卖与游戏相关的商品。这些卖场，能够用来集中销售游戏机的面积都是很有限的。而且，游戏商品鱼龙混杂，也容易让顾客挑花眼。基于美国和日本截然不同的情况，SCEA 在审批游戏的时候，都经过了管理层充分的讨论。

成长的"儿童乐队"

就这样，PlayStation 业务在美国也算是步入了正轨，但东京的久多良木健先生经常说:"你们还是个'儿童乐队'。"虽说这是他拿日本明星氏木毅的"儿童乐队"来开我们的玩笑,但是在久多良木健先生眼中,我们也确实是一帮年轻后辈。我们这帮人汇聚到福斯特城 SCEA 的时候,我和杰克·特莱顿 35 岁,安迪 31 岁,确实都很年轻,而久多良木健先生长我 10 岁,他已经完成了 PlayStation 的开发,并开创了 SCE 公司。已经"做大事"的他,把我们几个看作"儿童乐队"也是理所当然的事。

实际上,1996 年我被丸山茂雄先生任命为 SCEA 的 EVP 兼 COO 后,说我的处境是"身处迷雾之中"一点也不为过。那是我在伸手不见五指的黑暗隧道中艰难摸索前行的时期。直到 1998 年,我才感到处境在一点点变好。也正是那一年,SCE 获得了创纪录的利润。在 1999 年 4 月公布上一年度财务报表的时候,我们发现,SCE 游戏部门的营业利润达到了 1365 亿日元,与前一年度相比增长了 17%。当然,SCEA 也为这个成绩做出了自己的贡献。这时,我感觉自己应该能算得上 SCE 的"正式员工"了。

平井一夫（左）、安德鲁·豪斯（中）和久夛良木健

而同样是 1999 年，从索尼公司整体来看，作为"主业"的电器部门，利润下降了 59%，只有 1298 亿日元。没想到索尼的支柱产业——电器竟然被游戏反超了。当时的索尼公司总裁出井伸之在面对分析师的采访时说："游戏也是电器部门的一部分。"但在我们 SCE 人心中，"游戏是游戏，PlayStation 是 PlayStation"。

1999年公布上一年度财务报表之后，6月、7月的时候，索尼把世界各地子公司、分公司的高层干部召集到东京召开管理会议。会前，我再三叮嘱一同参会的美国同事："听好了，这样的场合决不能说一些得意忘形的话。"成果只用数字显示出来就行了，不要一高兴就说多余的话，那样只会招致不必要的反感。

　　"不要开一个能过卡车的大口子。"我经常向身边的人传达这样的思想。这句话的意思类似于"越饱满的麦穗头越低"。我想表达的是，如果开了一个大口子，让卡车都能通过，那么比卡车小的汽车随后会纷纷通过，结果不知不觉之间就形成了一条路。那个时候，即使本不想开这条路，它也已经是既成事实。换句话说，就是不要随意开新口子，先把防守做好再说其他。越是万事顺利的时候，越要坚守这样的理念。都说好事多磨，因为在顺利的时候，我们往往不容易发现隐藏在背后的失败因素。后来，我们也的确在现实中体会到了得意忘形的危害。

5023

③ 你是想毁了索尼吗?

SCE创造出了破纪录的利润，在东京召开的管理层会议中，我一再提醒同伴"不要得意忘形"，但说实话，包括我自己在内，内心还真是有点得意的——让原本四分五裂的一个组织重新团结起来，并作为一个团队创造出不错的成绩，虽然这不是我一个人的功劳，但我还是产生了满满的成就感。那时的我，实实在在地感受到眼前的迷雾正在渐渐散去，有种拨云见日的爽朗心情。可就在这个时期，身处东京的SCE总裁久夛良木健给我打了一个电话，让我有点摸不着头脑。他说："你不是SCE派驻海外的员工，你是索尼音乐的员工，可你怎么在美国SCEA？你太不像话了！"

断了退路

前文说过,我本是索尼音乐派驻纽约的员工,把我带进 PlayStation 领域的是丸山茂雄,他要我到 SCEA 帮忙,结果我就转到了 SCEA 所在的福斯特城。再后来他想让我当 SCEA 的总裁,但出于种种原因,我还是觉得"临时总裁"比较适合我,于是我被任命为 SCEA 的 EVP 兼 COO。尽管我以"临时总裁"的身份实际掌管着 SCEA,但我的人事关系确实还在索尼音乐。以前倒是从没有人质疑过我的身份,但不知刮什么风,久夛良木健先生突然提出了这个问题。而且,他还说:"这是大贺典雄董事长问的。"

大贺典雄先生当时是索尼公司的董事长,是最高权力者,他会亲自过问一个在大洋彼岸福斯特城的职员到底是外派人员还是借调人员吗?要说他会,我是万万不会相信的,所以我觉得久夛良木健先生提出这个问题,背后有他的用意。经他这么一说,我确实觉得自己的立场有点尴尬。来到 SCEA 之后,我整顿了公司的管理体制,将四分五裂的组织又团结了起来。之后，PlayStation 创造了破纪录的利润，不只是因为游戏机卖得好，其中游戏软件的热销也有很大的贡献。当然，这还得益于我们"创作者优先"的战略。

　　SCEA 的管理团队终于看到了拨云见日的希望，也真实感受到了成绩带来的成就感。这样一来，SCEA 管理层的凝聚力就更强了。但是，作为管理团队的实际领导者，我竟然是从索尼音乐借调来的人，要说完全没问题，也不尽然。如果 PlayStation 事业、SCEA 公司都发展顺利，也许不会有什么大问题。可是，一旦公司或游戏事业出了问题，我会处于什么境地呢？在 SCEA 公司，做最终决断、承担责任的人是我，而我却是一个从其他公司借调来的人，其他团队成员虽然嘴上不会说，但是心里肯定会想："失败的话，我们肯定会被解雇。但平井只是个借调来的人，最多把他遣回纽约或东京，不能再当'临时总裁'了。"这是每个人的正常心理。我下定决心，如果不能斩断退路，我就没有资格当 SCEA 的领导者。准确地说，我已经在内心里决定断了自己的退路。因为在那个时候，我已经没有可能再回索尼音乐，但 SCEA 的职员并不会这么认为。因此，我必须用行动证明自己的决心，以打消职员们的顾虑。我辞去了自己在索尼音乐的所有职务，并彻底转职到了 SCEA。我并不是转职到 SCE，而是转职到 SCEA，就是要告诉大家，SCEA 的事业失败的话，我也得被解雇。

如果问我转职的行为在短时间内引起了什么变化，我可以说，并没有发生什么肉眼可见的变化。我还和往常一样，每天到福斯特城的办公室上班，还做着同样的工作。虽说我已经彻头彻尾是 SCEA 的人了，这里的职员并不会为此而举办一场欢迎仪式，但我能感觉到，自己的意图可以更顺畅地向下传达了。当成为"SCEA 的平井"之后，团队的整体感、凝聚力更强了，我真正意义上成了 SCEA 团队中的一员。SCEA 的职员在说东京 SCE 总部的事情时，经常会用"总公司那帮家伙……"，当我意识到的时候，发现自己已经和大家一样，嘴里也会说"总公司那帮家伙……"。

1994 年 4 月，我正式成为 SCEA 的总裁兼 COO，当了 3 年的"临时总裁"终于转正了。

自动驾驶

  成为 SCEA 的总裁之后，我就过上了不好不坏但顺风顺水的日子。PlayStation 作为游戏机，累计销售量已经突破 1 亿台，市场非常火爆。而 2000 年面市的 PlayStation 2，销售势头更猛，其火爆程度甚至超过了第一代 PlayStation。结果，PlayStation 2 累计销售量突破 1.5 亿台，截至我撰写本书的时候，PlayStation 2 已成为历史上销量最大的游戏机。顺便介绍一下，历史上累计销量超 1 亿台的游戏机，只有 PlayStation、PlayStation 2 和 PlayStation 4。（注：2022 年 2 月任天堂的财报中更新了游戏机 Switch 的销量突破 1 亿 354 万台，超过了 PlayStation）

  因为 PlayStation 的巨大成功，SCE 方面的态度逐渐变得不可一世。他们的职员甚至说出"我们 SCE 哪天干脆收购索尼算了"之类的狂妄话语。

  我认为自己在 SCEA 的日子"不好不坏但顺风顺水"，为什么说"不好不坏"呢？因为在那个时候，SCEA 的管理体制已经步入正轨，整个组织基本上可以自行运转。但也正因为如此，对我个人来说，就会开始感到工作缺乏满足感了。在做一项工作的时候，往往在我发出指示之前，团队成员已经觉察到"平井先生应该是这样想的"，于是提前行动起来了。而且，团队成员都是各自领域的行家里手，我把工作交给他们可以完全放心。就一个组织而言，可以说这是最理想的形式和状态。之前，我认为必须打造出这样的组织，并为此付出了很多努力。可是，当理想的组织终于打造完成，并开始正常运转之后，作为领导者的我反而觉得有点空虚和不满足了。所谓"奢侈的烦恼"，说的应该就是我这种烦恼。

我们都知道，现代客机在飞行过程中可以通过电脑控制实现自动驾驶，我经常用飞机自动驾驶来类比 SCEA 管理团队的状态。当时，我们的团队就处于"自动驾驶"状态。随着 PlayStation 不断更新换代，市场销售情况越来越好。甚至有一段时间，因为供货跟不上，销售团队的主要工作就是不停地向销售店道歉，"实在对不起！下次一定准时发货，请您再稍等几日。"除此之外，和游戏软件开发公司合作还是很顺利的。

如果把当时的 SCEA 比喻成飞机，那么即使我这个飞行员双手离开操纵杆，飞机依然会按照正确的航线自动飞行下去。这种自动驾驶的状态，一直持续了几年时间。也许这是大多数企业经营者追求的状态，但是，在对我来说顺风顺水的日子里，我发觉自己渴望的是不断变化。

索尼的困境

就在那个时期，索尼公司所处的环境也发生了巨大变化。部门销售额原本占索尼公司总销售额六成的电器部门，逐渐呈现出低迷的态势。电器部门的营业利润和净利润在 1997 年达到峰值后，就开始走下坡路。拿营业利润来说，最高峰时期超过 5000 亿日元，可到了 2003 年度，电器部门的利润已经跌到了 1000 亿日元。

在模拟时代，索尼的家电产品无疑已经达到了世界的顶点。索尼不断把最小、最轻的家电产品推向市场，俘获了消费者的心，从而实现了快速成长。我从孩提时代开始，就是索尼产品的忠实粉丝。从一名用户的角度来看，那个时代索尼的产品确实了不起。我的父亲在银行工作，他也喜欢索尼的产品，所以小时候我家里有各种各样的索尼电器。其中给我印象最深的，是屏幕只有5英寸的微型电视机——"TV5-303"。这台可以放在手掌上的电视机，竟然是在1962年上市的，那时我刚出生不久。

"怎么能做出这么小的电视机呢？真是太神奇了！"那是孩提时代的我内心一直萦绕的问题。那童心被触动的感觉，至今我仍记忆犹新。顺便说一句，在我就任索尼公司总裁后不久，我就为公司提出了一个明确的前进方向——"KANDO（日语'感动'的发音）"。意思就是说，索尼应该提供的东西，是能为消费者的内心带来感动的产品和服务。现在回想起来，当年那台5英寸的电视机，就是一种"感动"。说它是索尼历史上的杰作也不为过。

在"TV5"之前的一款原型机是8英寸的"TV8-301"，是索尼公司研制的第一款电视机。将大功率晶体管应用于电视机开发，是索尼的创始人井深大提出的设想，他说这个项目是他"新年里的梦"（注：日本传统习俗里，传说"新年第一场梦"可以预示当年的命运，所以日本人会用"初梦"来占卜新年的运势。作者在此处意指井深大设想的这个产品预示着索尼公司之后的命运）。就这样，小型电视机诞生了。当来自美国某个电视机制造商的市场调查员看到这款电视机的样机时，他略带轻蔑地说："这东西肯定要失败。"结果它却在市场上获得了极大的成功。

井深大先生并不完全依靠市场调查来开发新产品，而是秉承自己创造市场（market creation）的信念，不断推出创新型产品。当然，这并不意味着完全忽视消费者的需求，而是创造出远超消费者期待、消费者不曾想过的全新产品。在这种信念的加持下，"TV8"诞生了，而其后继者就是更小的"TV5"。"TV5"对我来说，就是对索尼的"初体验"。值得一提的是，当索尼的微型电视初次在纽约面市时，打出的宣传语是"晶体管改变电视机"。后来，这款微型电视机果然火遍全美。在讲述索尼的历史和半导体的发展史时，这段故事是绝对不能省略的。

如果讲到我对索尼产品的迷恋,恐怕多少篇幅都不够用,所以我们还是回到正题吧。进入2000年以后,非常遗憾的是,索尼所具有的力量似乎发挥不出来了。后来当我从SCE兼任索尼公司的工作时,我发现一个问题,并不是索尼失去了力量。索尼的员工表面上看起来好像丧失了信心,但其实他们内心依然有热情似火的熔岩在汹涌翻腾。只是在当时,那股熔岩还没法以肉眼可见的形式喷发出来。

当时代的步伐迈入21世纪之后,在家用电器的世界里,涌来一股强大的数字化浪潮,即所谓的"数字时代"到来了。电视机由显像管变成了液晶或等离子显示屏,照相机由胶片相机变成了数码相机,录像机也由磁带式变成了DVD、蓝光光盘等数字存储形式。

索尼想抓住数字时代的风口,就拿电视机来说,索尼还专门将原来的电视机品牌WEGA改成了BRAVIA。但是,在当时快速崛起的三星等韩国新势力的攻势之下,索尼卷入了激烈的数字产品竞争。第一场战斗就是市场占有率之争,这意味着残酷的"价格战"。给全世界造成"索尼低迷"印象的事件发生在2003年4月24日,即所谓的"索尼震撼"(Sony

Shock)。这一天，索尼公司发布了 2002 年度的财务报表。

在世界各大电器企业的业绩都很低迷的情况下，索尼的营业利润居然比前一年度增长了大约 38%，达到了 1854 亿日元。看起来这并不是一个悲观的数字，但比索尼之前预计的营业利润低了 1000 亿日元。出于这个原因，股市中的投资者大量抛售索尼的股票，致使索尼股票连续两个交易日遭遇重挫。索尼股票遭到抛售还引发了连锁反应，日本股票市场整体出现了抛售潮。结果，日经平均股价跌到了泡沫经济崩溃之后的最低值。那次事件被称为"索尼震撼"。

总体来看，我认为那次事件的发生一方面是"与市场对话"的问题，但另一方面，索尼迟迟无法推出与其他竞争对手存在差异化的、具有冲击力的数字电器产品，也是不争的事实。我小时候体验到的那种"索尼就是不一样"的感觉，似乎再也找不到了。当时，要问索尼哪款产品能够满足消费者或市场的期待，非常遗憾的是，一款也没有。

也许，不管在哪个时代，被消费者要求创造出"具有索尼风格的产品""能够感动消费者的产品"，都是索尼的宿命。在这种严苛的视线注视之下，只要消费者稍微感觉"索尼现在的产品达不到我的预期",就会加速抛弃索尼。我想,这可能也是造成"索尼震撼"的一个间接原因。

新对手

在同一阶段,索尼的竞争对手还不仅仅是来自韩国的家电新势力,来自美国的创新技术也对"索尼的 Walkman"发起了挑战。2001 年推出了新时代的音乐播放器 iPod 的苹果公司,不仅提供了硬件设备,还成功转型成了提供内容的平台,并于其后的 2007 年发布了苹果智能手机——iPhone。这种经营模式一直延续至今。

苹果公司 CEO 史蒂夫·乔布斯在 iPhone 发布会上说,要"重新发明手机",并把公司名称"苹果电脑"中的"电脑"两字去掉了。这相当于宣布,靠卖个人电脑起家的商业模式,已经成了过去。从提供音乐起步的 iTunes,已经发展成一种平台经济模式,其中诞生了无数的 App,已经构筑起苹果的生态系统。

经常有人批评说，"为什么索尼创造不出 iPod 那样的产品？"其实，时任索尼 CEO 的出井伸之先生说过："因特网是落入商界的一颗陨石。"他反复多次提示数字时代的到来。他还提出"数字、梦想、小孩"的口号，对此我至今记忆犹新，这些都说明出井伸之先生应该早就意识到了从模拟到数字的滚滚浪潮已经汹涌而至。实际上，索尼早在 1999 年就推出了一款记忆棒随身听（Memory Stick Walkman），是通过网络进行音乐配送的播放器，比苹果的 iPod 还早两年，只是并没有掀起多大的浪花。

出井伸之先生已经预见到新变革的到来，他在自己的著作《迷失与决断》中表达过，当初让苹果有机会复苏，真的是"后悔不已"，但也不得不承认，能将硬件与软件同时一气呵成，实现革新，乔布斯实在是了不起。

顺便说一下，因为我是音乐行业出身，所以对 iTunes 的登场很关注，但我认为美国早前出现的 Napster（注：一款可以在网络中下载自己想要的 MP3 文件的软件，起源于 1999 年 1 月。Napster 的主要功能是帮助用户在网络中下载自己想要的 MP3 文件，同时能够让自己的机器成为一台服务器，为其他用户提供下载）的威胁更大。Napster 可以无视版权，下载网络上共享的音乐文件。结果，音乐行业团体果然对 Napster 发起了诉讼，Napster 败诉。而与此相对地，iTunes 作为"音乐行业的黑船"（注：黑船是江户时代末期，胁迫日本开放门户的美国船队）竟然采取了收费模式。可以说，iTunes 给原本被 Napster 破坏的音乐市场，重新建立了秩序。

鬼才久夛良木健

索尼公司的支柱电器部门已经陷入低迷，但是 SCEA 已经步入正轨，正在以自动驾驶的模式持续前进。因此，索尼公司电器部门的低迷对我来说，似乎没有什么触动，感觉自己仿佛在隔岸观火。就在这个时候，意想不到的事正在悄悄酝酿。

事情的开端是 2006 年 11 月开始发售的 PlayStation 3。PlayStation 3 凝聚着我的上司——人称"PlayStation 之父"的久夛良木健先生描绘的宏大构想。那便是久夛良木健先生倾注心血的处理器芯片"Cell 处理器（Cell Broadband Engine）"。

Cell 处理器是索尼、东芝和 IBM 三家公司联手于 2005 年前开发出来的新一代半导体芯片。同比当时市场上的竞品，该芯片的性能具有压倒性优势，它首先被应用于 PlayStation 3，随后在电视机等家用电器中推广使用，最终目标是实现索尼产品的数字化升级。这是集合了久夛良木健先生众多梦想的一个大计划，SCE 也在朝着这个目标奋勇前行，而且，索尼公司整体被囊括进了这个计划。我觉得，即使放到现在，这也算得上一个颇有雄心的大计划。制订这个计划的人，其气度之宏大，的确具有索尼的风格，因此让人很难拒绝。但是，如果当时我是索尼 CEO，我绝对要对这个计划说不！

接下来等待着我们的是接连不断的苦难，这让我们怀疑之前 PlayStation 2 的高歌猛进是假的，是根本不存在的幻境。因此，我也开始了人生中第二次经营重建。SCE 陷入了难以名状的困难境地，而我也再次直面地狱般的历练。现在回过头来看那段经历，那是我成为优秀经营者所不可或缺的精神食粮。

在进入正题之前，我想先讲一讲久夛良木健这个人。在这本书里我把久夛良木健先生称为"鬼才"，他是"鬼才"这两个字所表现的那种人物。如果有人问我："久夛良木健先生是怎样的一个人？"我会这样回答："研究者、创业者、产品策划人、经营者、营销大师、发明家……他是兼具上述所有身份所需要的才能的人。他是对所有工作都执着到底的人，甚至不单单是执着，而应该说他是一个事事追求极致完美的人。"我敢断言，用"万里挑一"都难以形容这种人物的稀缺性。他执着追求自己的理想，已经到了固执的地步。他所持信念之坚定、所散发的能量之强大，我认为在这世间再难找到第二人。

举个例子，PlayStation 和 PlayStation 2 的标志中的字母"P"，关于"P"的造型，不知久夛良木健先生让设计师修改了多少遍。不过话说回来，毕竟这个标志是所有人都能看到的"门面工程"，他如此执着也是可以理解的。但令人意想不到的是，就连 PlayStation 3 机体内部的设计，他也同样追求完美。要知道，一般用户是绝不会拆开机箱来考察机体内部构造的。

打开 PlayStation 3 机舱的盖子，里面印着公司的英文名称——"Sony Computer Entertainment Inc."这一行小字，久多良木健先生也让设计师修改了多次直到他满意为止。读者可能不知道，就连 PlayStation 3 里的散热风扇的设计方案也是经过反复修改才得以通过的。总而言之，一切都要达到久多良木健先生的审美要求，才能合格。就连用户一辈子也不会看到的地方，他也毫不放松。许多设计师都已经被"折磨"到几近崩溃的边缘，可久多良木健先生不达目的绝不罢休！

提到索尼的趣闻逸事，我就不得不提在开发便携音响和便携数码相机过程中的一些秘闻。久多良木健先生曾让人把试制的样机放入装满水的桶中，看到有气泡咕噜咕噜地冒出来，他就说："还有多余的空间！"并以此让开发人员继续改进，为了让机身更加小型化，要把所有空间都"压榨"出来。我在想，如果没有久多良木健执着的坚持，哪会有颠覆世人认知的革命性产品诞生呢？

这些关于久多良木健先生的趣闻逸事，是不是让读者觉得他是个很厉害的人呢？下面我要讲的这个故事，将会进一步刷新读者对"久多良木健式执着"的理解。这是一个关于自动贩卖机的故事。

在位于东京青山的 SCE 公司总部里，各个楼层都要设置自动贩卖机。可是每个设置点的进深空间都不够，放置自动贩卖机的话，机器就会比墙面突出来一些。实际上自动贩卖机的设置点一般都在各个楼层的角落，即使机器稍微突出来一点，也没有什么影响，一般人不会注意到。可是久多良木健先生看到之后却大发雷霆。他认为办公场所是发挥员工创造力的地方，自动贩卖机突出来一点，不符合他的审美观，他绝对不允许这种事情发生。结果公司不得不联系自动贩卖机的制造厂商，让他们对机器的尺寸进行修改，这等于是根据 SCE 办公区的情况，重新定制了一批自动贩卖机。

一事见万事，久多良木健先生就是这么一个追求极致完美的人。任何事情只要有一点违和感，即使一般人看来"嗯，还过得去"，在久多良木健先生那里也绝对要推倒重来。有一个万事都追求完美的上司，下属就十分辛苦了，但大家对久夛良木健先生的激情和能量，都是相当认可的。我经常说："久夛良木健先生不是'朝令夕改'，而是'朝令朝改'。"确实如此，只要他看见不合心意的地方，就会毫不犹豫地马上要求修改。

在第一代 PlayStation 诞生之前，很多人对公司进军游戏行业持怀疑态度，在这种情形下，是丸山茂雄先生给了久夛良木健先生极大的支持。丸山茂雄先生出身于索尼音乐，当时他任索尼音乐的副总裁，当久夛良木健先生创建 SCE 的时候，丸山茂雄先生还曾兼任 SCE 的副总裁。

丸山茂雄先生经常说："久夛良木健先生是像玛莉亚·凯莉一样的人物。"玛莉亚·凯莉是一位才华横溢但性格独立又不在意世人眼光的女明星，用她来类比久夛良木健，很巧妙。我和丸山茂雄先生一样，出身于音乐行业，因此我特别能理解他的心情。没有久夛良木健这样的鬼才，就不会有 PlayStation 的诞生，更不会有 SCE 日后的巨大成功。就像在音乐的世界里，明星都要有能够驾驭他的经纪人一样，丸山茂雄先生就相当于久夛良木健先生的经纪人，他俩搭配在一起堪称一个奇迹般的组合。顺便介绍一下，后来成为索尼公司 CEO 的霍华德·斯金格先生在评价久夛良木健先生时曾说："他是索尼的斯皮尔伯格。"我个人认为这个评价也很贴切。久夛良木健先生每天在头脑中思考的都是别人想不到的东西，并且，他会以坚持到底的执着把头脑中的理想变成现实。

Cell 处理器的雄心

为了开发出新一代的 PlayStation，久夛良木健先生提出了 Cell 处理器的构想。

关于 Cell 处理器的具体技术细节在这里我就不赘述了，简单来说它是一种将多个运算核心集成到一张芯片中的多核 CPU 的原型。用久夛良木健先生的话说，搭载了这种芯片的新型游戏机，也就是 PlayStation 3，将成为"家庭中的超级计算机"，它的性能将超出常人的想象。

Cell 处理器是索尼、东芝和 IBM 三家公司合作开发的芯片，最初开发 Cell 处理器的构想并不仅仅是用在 PlayStation 3 中，还要向各种家用电器以及用于科学计算的超级计算机推广。事实上，IBM 后来利用 Cell 处理器的高级版本开发出超级计算机，并用两年时间使其发展为世界顶级计算机。2003 年，久夛良木健先生作为 SCE 的总裁还兼任了索尼公司的副总裁，为了实现 Cell 处理器的量产，他决定追加 2000 亿日元的投资。对于长期低迷的索尼来说，这无疑是一个富有雄心的大计划。也可以说，这是为了让停滞不前的索尼公司实现逆袭的一场生死之战。

对于 SCE 来说，在 PlayStation 2 高歌猛进、攻城拔寨的同时，搭载了 Cell 处理器的 PlayStation 3 的开发工作也在一步一步扎实前行。站在阵前指挥的当然是 SCE 总裁久夛良木健，这时的他还肩负着索尼公司副总裁的重担。久夛良木健先生经常开玩笑说："你们这帮'儿童乐队'不仅自己的事情做得吃力，还要受总公司的气。"不过，作为 SCEA 的总裁，我的职责和分工倒是没有多大的变化。

时间来到 2006 年，搭载了 Cell 处理器的 PlayStation 3 即

将投放市场的时候，霍华德·斯金格先生接替了出井伸之先生的董事长兼 CEO 职务。霍华德·斯金格先生多次询问我："是否愿意来东京协助久夛良木健先生？"而久夛良木健先生本人也说了同样的话，希望我去东京帮忙。对于他们的请求我果断地拒绝了。

在那个时间点，距离我从索尼音乐被派遣到纽约工作已经有十多年了。我的两个孩子已经完全适应了美国的生活，我和他们的日常对话都用英语，再加上我辞去索尼音乐的职务转入了福斯特城的 SCEA，而不是东京的 SCE。在这个过程中我还取得了美国绿卡，当时我根本没有考虑过移居他国。

所以，我给两位的回答是："我想一直在美国干到退休。"霍华德·斯金格先生甚至许诺，以后让我接久夛良木健先生的班，担任 SCE 的总裁兼 COO。毋庸置疑，SCE 是当时索尼公司中非常核心的子公司，可尽管如此，我对 SCE 总裁的职位并不感兴趣。我甚至考虑过，如果一定要让我坐那个位子，说不定我会从索尼公司辞职，去其他行业挑战一下。反正就是下定决心要在美国扎根了，我哪儿也不去。

但是，就在临近 PlayStation 3 上市发售的时候，意想不到又令人无可奈何的事情发生了。

眼前的危机

PlayStation 3 预定于 2006 年 11 月发售，当年 5 月便预先公布了售价，含税是 62790 日元（硬盘容量为 20G 的版本）。PlayStation 3 不仅搭载了 Cell 处理器，还配备了当时最先进的蓝光光驱。可尽管如此，还是招来了很多批评的声音，说它作为一款游戏机，定价太贵了。

在面对媒体的时候，久夛良木健先生一直主张："PlayStation 3 不是游戏机，不是家用电器，也不是个人电脑，而是一款家用超级计算机。"确实，PlayStation 3 中集合了以 Cell 处理器为首的众多革新技术。但是它比 PlayStation 2 的价格一下子高出了 2 万日元，这个巨大差距难免会招致消费者的批评。

结果，临近 PlayStation 3 上市日期的 2006 年 9 月，公司宣布下调 PlayStation 3 的售价，这可是个不同寻常的操作，在索尼公司没有先例。PlayStation 3 在日本的售价被下调为 49980 日元。这是一个艰难的抉择，因为每卖出一台，公司就会多一笔亏损。另外一个巨大的问题是，PlayStation 3 搭载了当时最先进的蓝光光驱，可这个零部件的产能跟不上，致使一部分地区的发售被延期了。加上这个部件，本来就提高了成本，又因为产量的限制，影响了 PlayStation 3 的发售。

与之前乘风破浪的 PlayStation 2 相反，PlayStation 3 面临的危机已经越来越明显。这时，索尼总部的最高层霍华德·斯金格先生再次向我发出请求，请我帮忙重整 PlayStation 3 项目。这次我的想法改变了，我当时想："在这种时候如果我还拒绝挑起大梁的话，就有点说不过去了。"不过，要做 SCE 总裁的话，就不得不把工作、生活的重心转移到东京去，于是便出现了我在序章中讲述的那个情景。我们家举行家庭会议，讨论去留的问题，当时上初中正值青春期的女儿对我说：你想说什么？我们要怎么办？结果就是，我把家人留在了美国，只身一人回东京赴任。

逆势突围

PlayStation 3 首次发布时的久夛良木健（2005 年 5 月 16 日）

实际上，那个时候我向霍华德·斯金格先生提了一个条件，请求每月让我回福斯特城一周时间，以陪伴家人。因为他也经常回纽约陪家人，所以很理解我的心情，便爽快地答应了这个请求。可现实并没有那么美好，当我到东京开始工作之后，就发现每月回福斯特城待一周，简直是一种奢望。我的时间表安排得很满，有时刚回到福斯特城，就被叫回东京处理工作，或者被派到世界其他地方出差……

我被任命为 SCE 的总裁兼 COO 是在 2006 年 12 月，实际到东京赴任是在 2007 年初。可就在半年后的 2007 年 6 月，久多良木健先生突然辞去 SCE 董事长兼 CEO 的职务，于是我又担起了 CEO 的重任。久多良木健先生在 4 月末的索尼董事会上突然表明了去意，所以，事先知道此事的只有霍华德·斯金格总裁等一部分董事。关于久多良木健先生辞职的事情，我有很多细节不甚了解，不过，久多良木健先生卸任时对我说的一句话令我印象深刻："我已经为公司做好了未来 10 年的规划图。"他绘制的雄伟蓝图是以 PlayStation 系列游戏机为基础，搭建一个用户平台，然后建立一个涵盖电影、音乐等的平台生态系统，从而帮助索尼实现数字化升级。

"我们要用最先进的计算机和网络技术，创造一个大家前所未见的电影、音乐的娱乐新版图。"在接受媒体采访的时候，久多良木健先生经常使用上述表达，就像在讲一个任何人都想不到的精彩故事一样。作为久多良木健的继任者，我要继承他的理想，但最先要做的事情是应对"眼前的危机"——重整出师不利的 PlayStation 3 项目。随后我才能有机会想办法用新的方式方法，将久夛良木健先生的 10 年规划变成现实。

逆风而立的 SCE

"你们是想毁了索尼吗？"大约是在久夛良木健先生宣布辞职前后，2006 年度财务报告发布时，索尼公司总部的高层打电话来训斥了我一顿。

其实我能理解他们的心情。霍华德·斯金格先生也说过类似的话："你们要把船弄沉了！"（注：原文为 You guys are taking the ship down！是指 PlayStation 3 将拖垮整个索尼）那个时期，索尼液晶电视品牌"BRAVIA"销售情况良好，这让持续低迷的电器部门终于看到了一点光明。而与此相对，以前一直牵引索尼业绩的 SCE，因为 PlayStation 3 的失败，反而背负了 2300 亿日元的赤字。电器部门的业绩回升没有稳固的基石，而游戏部门又如从坡道上滚落，出现巨额亏损，这样的状况无疑会让索尼公司的根基发生动摇。索尼高层的训斥，其实是在提醒我，SCE 在索尼公司中的影响力已经很大。除此之外，在索尼公司内部，也出现了各种嘲讽 SCE 的声音。公司内部对 SCE 的抱怨之风，刮得很强劲了：

"10 年积累的利润被他们一下子亏掉了。"

"是那帮人管理公司，自然会有这样的结果。"

……

记得在 1998 年 SCE 收获创纪录的利润之时，我就告诫 SCEA 的职员一定要低调，在顺风顺水的时候更要戒骄戒躁，保持稳固防守的姿态。但是，因为 SCE 与众不同的活泼风格，在索尼公司内部还是招致了不少的反感。而当 SCE 背负 2300 亿日元的赤字，开始拖公司的后腿时，我就更能感觉到周围反感的眼光。

其实我还在美国的时候，就时常听闻别人对 SCE 的批评，说"SCE 的员工根本不听别人的意见"，所以对这种状况，我还是有一定的心理准备的。曾经有一家美国大型零售商，在采购 PlayStation 的时候提出了延期支付货款的请求。

SCEA 没有接受他们的延期请求，直接暂停了向他们供货。于是，索尼电器部门的销售负责人向我们发来投诉，说："为什么暂停供货！"因为电器部门同时也在向那家零售商提供电视机、数码相机等家电产品。我们暂停 PlayStation 的供货，就会给索尼公司的电器部门造成麻烦。但我们的态度非常坚决，只要对方不按合同按时付款，我们就不供货。此外，电器部门开展的一些促销活动，希望他们的家电产品能和我们的 PlayStation 配套销售。但只要是我们觉得对 PlayStation 没有好处的促销活动，就一概拒绝。这样的事情积累多了，其他部门的人难免会抱怨："SCE 的员工，只管他们的 PlayStation，完全不愿协助我们，真是一帮自私自利、不近人情的家伙。"

不能退让的事情就坚决不退让。我一直秉承，只要是对公司没有好处的事情，或者我们认为不对的事情，就毅然决然地说"不"。就这样，索尼公司内部对 SCE 的负面情绪不断积累，当 SCE 爆出 2300 亿日元的赤字时，积累已久的负面情绪就一下子喷涌而出了。不过，别人的批评也不是空穴来风，因为我们的确存在不可忽视的严重问题。甚至可以说，这是关系到 SCE 生死存亡的大问题。

好在我是那种越逆风越有斗志的性格。在接任 SCE 总裁之前，我就知道这个公司的状态不好。后来我接任索尼公司的总裁，也是在公司状态不好的时候接过重担的。因为了解情况，这时接班也是我自己的决定，所以我就没有什么好迷茫的了。

回到原点

我该从哪里着手呢？每到一家新公司，我都会问自己这个问题。答案也很明确，就是先了解公司的详细情况。为此，我要倾听职员的心声，了解他们对公司的看法，了解他们对 PlayStation 3 的看法。在此基础上才有可能找到采取下一步行动的突破口。

我想起当初在和 SCEA 的职员一对一谈心时，有人泪流满面地诉说心事，当时我一度觉得自己变成了"心理治疗师"。现在，SCE 有近万名员工，再搞一对一谈心是不太可能了。于是我先从管理层谈起，一开始，我每次召集 5～10 名部长，利用工作午餐的时间从他们那里了解公司的情况以及大家对公司的看法。

"你们觉得消费者想要什么样的 PlayStation 3？"

"SCE 想实现什么样的目标呢？"

"为实现这个目标，当前还存在哪些问题？应该怎么解决？"

……

在经过一段时间的摸底之后，我发现了几个问题。其中最应该先弄清楚的问题莫过于"PlayStation 3 是什么东西？SCE 是一家什么公司？"，这也是最根本的问题。前面讲过，久夛良木健先生把 PlayStation 3 定义为"家用超级计算机"。不可否认，久夛良木健先生对 Cell 处理器倾注了太多心血，他对这一芯片抱有很高的期待，这一点我也赞同。但是，从公司经营战略的高度来看，我们更应该从用户的视角来定义 PlayStation 3。我相信，在绝大多数用户心目中绝对不会把 PlayStation 3 当作"计算机"。

在开会的时候,有职员问我:"平井先生,您觉得PlayStation 3 是什么呢?"

我的回答简洁明了:"游戏机。不管谁说什么,它都是一台游戏机。"

这应该是一切的原点。"PlayStation 3 是什么?是游戏机。"那么,"SCE 是一家什么公司?是为消费者提供游戏娱乐的公司。"SCE 绝不是一家计算机公司。由此,我们终于明确了自己的公司和产品的定位。

如果 PlayStation 3 是一款超高性能的计算机,那么卖 5 万、6 万日元都算很便宜了。但如果它只是一台游戏机,那就不一样了。虽说 PlayStation 3 在正式发售前紧急降价,但不得不说,作为游戏机它依然很贵。而现实中,买到 PlayStation 3 的用户,除了把它当作游戏机玩游戏,不会用它来做任何事情。PlayStation 3 上市之后,每销售一台,公司就多亏一点,卖得越多赔得越多。但如果不降低成本、降低价格,消费者根本不会埋单,所以我们必须回到原点——我们是一家游戏公司,我们要让用户用这台了不起的游戏机玩到了不起的游戏。"还有这么好玩的游戏!"给他们带去这样的感动，才是一家游戏公司的原点。

对开发游戏的软件公司和创作者来说，我们也应承担起相应的责任。如果让他们担心"SCE 一直在赔钱，他们的 PlayStation 3 项目还会继续做下去吗"，那么他们在开发游戏的时候就会犹豫不决，必然影响游戏的质量。PlayStation 3 搭载了高性能的处理器，导致游戏开发的成本也提高了。不能尽快把 PlayStation 3 在市场上全面铺开的话，就没法形成一个养活游戏软件开发公司和创作者的生态系统。所以，我们必须制定一个能让消费者接受的价格，把硬件销售数量提升上去，同时还要缩减制造成本，扭亏为盈。

当时如果再考虑到竞争对手，我们的处境就更加堪忧了，所以根本没有多余的时间和心情来慢慢考虑长远的事情，必须速战速决，短期内占领市场。微软已经在 1 年前推出新一代的游戏主机"Xbox 360"，市场反响不错，而任天堂的游戏机"Wii"也是我们强有力的竞争对手。如果游戏消费者都转投向他们，那 SCE 就真的没救了。于我们而言，当前已经岌岌可危了。"再这样下去，公司真的要倒闭了"，这种危机感时时萦绕在我的心头。

现场感产生危机感

"PlayStation 3 是游戏机。"我尽量用简洁明了的语言在公司内传达这个信息,并且反复强调。把这一点确定之后,我们前进的方向自然就显现出来了。只要 PlayStation 3 是游戏机,那么它的价格就必须降下来。为此,我们最先要做的事情就是毫不犹豫地降低成本。

决定的事情,就要立即执行。召集产品策划人员、工程师、材料负责人举办的"降低成本讨论会",我都会亲自参加。"现场感产生危机感。"我认为这是有志于扭转颓势的领导者必须坚持的原则,铁一般的原则!如果我只是命令部下:"把成本降下来!"而不亲自去现场参与指挥,那基本上不会得到想要的效果。因为"再这样下去,公司就要倒闭了"的危机感不会传达到一线去,所以,有必要把"总裁真心想这样做"的决心传达到一线去,而最好的办法就是总裁亲临现场。

我不是工程师,也没有材料调配的经验,说出来不怕丢人,我在参加"降低成本讨论会"的时候,说得最多的就是"我不懂"——会议上,专业术语满天飞,我不懂的时候就直接说不懂。但这时如果说"我不懂,就交给你们吧",也不行,因为危机感还是无法传达给他们。领导者的职责就是引领项目朝着指定的方向前进,在这个过程中万万不可"不懂装懂"。

我原本出身于音乐行业,刚进入 SCEA 的时候,就遇到了太多不懂的东西。从那时起我就坚持不懂就直说不懂,不懂就多学习,这已经成为我的一种习惯。如果我不懂装懂,很快就会被部下识破,那样我将失去领导者的资格。不懂时我会直说,部下就会说:"没关系,这方面我们来支持您。"如果我不懂装懂,部下心里就会想:"这人明明不懂还装懂,提一些自以为是的意见,就是个假内行!"这样一来,首先,部下会瞧不起我;其次,他们还可能哄骗我,因为他们已经看穿我不懂,那我的工作还怎么开展下去?也许有的领导者认为这是小事,但在我这里,绝对是一个可能造成恶劣结果的大事。

我经常对自己说:"经营者、领导者必须是高情商的人。"当然，这不是说经营者、领导者必须得是圣人。我就是一个浑身有缺点的人，但是在工作中我会时常告诫自己"要提高自己的情商"。意思就是说，要朝着做高情商的人努力，并不一定已经成了"高情商的人"。

为了让自己成为"高情商的人"，领导者要不断自问："我这个领导是不是被大家选出来的？"换句话说，领导必须赢得部下的"选票"。从本质上说，领导者的地位并不是组织高层给安排的，而是自己争取来的。

我经常说"不要按照头衔来工作"。我想，读者们的身边说不定就有当上部长、董事之后，对待部下的态度发生180度大转弯的人。这样的领导者，以后还能赢得部下的"选票"吗？答案是否定的。这绝不是精神至上论。领导者有怎样的思想、行为，将极大地左右结局的走向。所以，为了创造出理想的结果，领导者必须具备正确的思想观念。

1.8 千克的执念

在多次参加降低成本的讨论会之后，我弄明白了一个问题——降低成本的工作真的很不容易。我们常会用"一分钱掰成两半花"来形容一个人抠门，在削减成本这项工作中，就真的是"一分钱掰成两半花"。我们先给 PlayStation 3 中的高价零部件列了个清单，然后反复检讨如何一一降低它们的成本。多次开会，每次都是相同的话题，大家绞尽脑汁想办法。参与了几次会议之后我就明白了，降低成本没有任何捷径可言。

为 PlayStation 3 降低成本的第一个动作是发布一个与 PlayStation 2 不兼容的新机型，售价降低了 1 万日元。但即便如此，对比任天堂售价只有 25000 日元的 Wii 游戏机也没有竞争优势。至此，SCE 继续维持亏损经营。

事实上，我们"削减成本的对象"都是非常细碎的部分。比如，PlayStation 3 机壳上印的"PLAYSTATION 3"的文字。在最初的 PlayStation 3 版本上这些字母是以其他零件的形式组装上去的，如果改为丝网印刷则可以降低费用，虽说每台只能降低几日元，我们也不想放过，毕竟积少成多、聚沙成塔。可尽管如此，PlayStation 3 还是生产得越多，卖得越多，就赔得越多。整个项目一直处于一种"亏损"状态。

  作为 SCE 的经营者，我再一次感受到在漆黑的隧道中踯躅前行的焦虑。直到任 SCE 总裁将近 3 年时间的时候，我才看到隧道前方出现了一点点微光。那已是 2009 年 9 月——型号为"CECH-2000"的新版本机型，将 PlayStation 3 的售价降到了 29980 日元，比 3 年前推出的首款 PlayStation 3 整整便宜了 20000 日元，降价幅度达到了 40%。虽然外形没什么变化，但最初上市的 PlayStation 3 重量有 5 千克，而 CECH-2000 型的重量只有 3.2 千克，减轻了 1.8 千克。当然，一台机器的成本不能单靠重量来衡量。但为了减轻这 1.8 千克，你可知道我们花费了多少精力和时间，经历了多少次头脑风暴？而且，一开始有用户抱怨说 PlayStation 3 太大了，于是经过多次改良我们把机器的厚度削减了三成。

  作为总裁，我原本打算在一线和大家一起把工作的方方面面都讨论透彻，但实际上，具体实施降低成本工作的，都是一线负责人。所以，减轻这 1.8 千克的重量，可以说是各位一线负责人执着工作的结晶。这 3 年时间，让我亲眼见识到了索尼公司中潜藏的创造力和韧性。

回想起来，当我从福斯特城刚调回东京 SCE 的时候，虽然公司处于岌岌可危的状态，但是公司里没有一个人说"已经不行了"，这一点令我非常感动。而且，在和职员们谈心的过程中我发现，这里的人都真心喜欢游戏，喜欢 PlayStation 这个平台。正因为如此，让我才更加坚信，SCE 总有一天会找到出口。

我经常对职员说："大家先设想一下成功时的状态。"然后倒推，看为了实现成功应该做哪些事情。经过这样的梳理，我们达成共识，眼前应该做的事情是"明确 PlayStation 3 的定位，它就是一台游戏机，然后要通过 PlayStation 3 创造出利润"。为此，首先要彻底降低成本。我在一线近距离地观察到职员们对"成功"的坚定信念，看到身边有那么多比我优秀的人，我终于舒了一口气，对成功的信念又坚定了几分。在那之后，对 PlayStation 3 的设计修改一直在继续，在最后一个版本时，它的重量已经减到了 2.1 千克。

在 PlayStation 3 上市 2 年半后的 2009 年 6 月底，它的累计出货数量为 2370 万台。截至停售时，PlayStation 3 的累计出货量达到了 8740 万台。这个数字虽然和 PlayStation 2 超过 1 亿 5000 万台的销售记录相差甚远，但是能获得这样的成果，只有我们自己知道背后都经历了什么。

在 PlayStation 3 上市的近 3 年半之后，即 2010 年 3 月，SCE 终于扭转了"亏损"的状况，实现了盈利。对于一家制造企业来说，制造产品、销售出去并盈利，是理所当然的事情，我们的 PlayStation 3 项目却经历了近 3 年半时间才达到这个目标。

理想与现实之间的鸿沟

在本章的最后，关于久夛良木健先生寄予极高期望和雄心的 Cell 处理器，我想再多说几句。

就像我之前说的那样，如果当时我是索尼公司总裁，我不会批准关于 Cell 处理器的计划。从某种意义上说，那是一个追求梦想的计划，有非常浓郁的索尼风格，可在当时毕竟风险太大了。或者说，领先于时代太远了。实际上，在 PlayStation 3 还处于持续压缩成本的过程中，2008 年已经开始了研发下一代游戏机 PlayStation 4 的计划。当时我决定，索尼公司不自行研发像 Cell 处理器那样拥有独特构造的先进芯片，自己不投资研发芯片，而是把资金重点用于软件开发和提升用户体验。

后来，索尼把 Cell 处理器的生产设备卖给了东芝，PlayStation 4 决定采用美国 AMD 公司的芯片。对于我的前任——伟大的"PlayStation 之父"——久夛良木健先生的梦想，我将矢志不渝地继承下去，我会用自己的方法把这个梦想变成现实。"我们要用最先进的计算机和网络技术，创造一个大家前所未见的电影、音乐的娱乐新版图。"这是久夛良木健先生的伟大梦想，PlayStation 4 乃至以后的 PlayStation 5 都会朝这个梦想努力。

索尼公司的风格是绝不做和其他公司一样的产品，否则不可能开拓出光明的未来,而久夛良木健先生的梦想就充分体现了这种精神。但是,当现实与理想之间存在巨大的鸿沟时,我们要想继承并实现前辈的理想,首先要做的是以惊人的毅力,花费漫长的时间和巨大的努力,填平这道鸿沟。

5926

4. 在暴风之中

4个火枪手

2008年美国爆发次贷危机,其影响波及全球。第二年,次贷危机余波仍未消除,全球经济仍处于风雨飘摇之中。2009年2月底,我前往位于东京品川的索尼公司总部大楼,去参加索尼公司的记者招待会。在这次记者招待会上,将发布索尼公司的经营体制变更结果。

索尼公司总裁中钵良治晋升副董事长,董事长兼CEO霍华德·斯金格还兼任公司总裁。霍华德·斯金格先生于2005年担任索尼公司CEO的4年后晋升为总裁,因此英国《金融时报》报道称:"霍华德·斯金格全面掌握了索尼公司。"但其实在那天的记者招待会上,最受瞩目的应该是索尼公司的组织更新和直接负责各部门的4个具体的个人。

关于组织更新,新成立了两大事业部,分别是"消费产品事业部（Consumer Products & Device Group，简称 CPDG）"和"网络化产品与服务事业部（Networked Products & Service Group，简称 NPSG）"。"消费产品事业部"负责电视机、数码相机等家电产品，"网络化产品与服务事业部"则负责游戏、个人电脑等产品和服务。

在以前的体制中，管理者的职责是按照产品或服务独立分开的，而现在建立了两个总括性的事业部，霍华德·斯金格先生这样改革的目的是打破公司内部纵向管理的格局，他提出要建设"统一的索尼（Sony United）"的构想。因为以前索尼公司的组织结构就像一个粮食仓库，里面有很多独立的筒仓，筒仓与筒仓之间存在厚厚的壁垒，霍华德·斯金格先生要"打破筒仓之间的壁垒"！

那天的记者招待会上，霍华德·斯金格召集了包括我在内的4个人，分别是：负责"消费产品事业部"的副总裁吉冈浩；曾经是 VAIO 事业总部部长，现在是索尼公司高级副总裁（SVP）兼电视机部门总部部长，为吉冈浩副总裁提供支持的石田佳久；作为 SCE 的总裁兼索尼公司执行副总裁（EVP），负责"网络化产品与服务事业部"的在下；接替石田佳久出任 VAIO 事业总部部长，与在下共同负责"网络化产品与服务事业部"的高级副总裁（SVP）铃木国正。简单说来，"吉冈－石田组合"负责"消费产品事业部"，"平井－铃木组合"负责"网络化产品与服务事业部"。

在记者招待会上，霍华德·斯金格先生逐一介绍了我们4个人，还把我们称为"索尼的4个火枪手"。我估计他是临时起意想到这个比喻的，但后来媒体频繁使用"4个火枪手"的说法。媒体还猜测，未来我们4个人中肯定有一个会是霍华德·斯金格先生的接班人，成为索尼公司的 CEO。有时媒体的猜测未必不对，后来霍华德·斯金格先生的确公开表示："我的接班人将从4个火枪手中选出。"

突然之间，我竟然被捧为了索尼公司下一任高层领导者的候选人，说实话，当时我并没有意识到，也没有任何心理准备。虽说当时我是"网络化产品与服务事业部"的负责人之一，肩上担负着公司的重任，但是当时我依然把工作重心放在为 PlayStation 3 削减成本的工作上。正如我在前文中讲述的那样，为 PlayStation 3 削减成本是一条漫长而艰辛的道路，直到 2009 年 9 月发布"CECH-2000"新版本，我们才隐约看到一丝光明。被"封为"4个火枪手的时候,也正是"CECH-2000"开发得如火如荼的时候。

有人说我是下一任 CEO 的有力候选人,我并不这么认为。我想,肯定有更多的人不认为我能成为下一任 CEO。因为这是很明显的事情,只要看一看其他"3 位火枪手"的履历就能明白,他们比我更合适。吉冈浩先生当时 56 岁,包括我在内的其他 3 个人都不到 50 岁,他是我们的前辈。而且,吉冈浩先生负责过索尼的手机项目——索尼爱立信的工作,还主持过电视机、录像机等家电产品的工作,可以说这些都是索尼公司的核心产品。石田佳久先生和铃木国正先生,也都有电器部门的工作经历。大家都知道,电器部门才是索尼的支柱,因此,不管从哪个角度考虑,出身于音乐行业的我都不适合主政索尼。

"我就是来充数的。"这不是谦虚,而是我的真心话。不过,索尼边缘事业——音乐、游戏——出身的我,竟被选入了"4 个火枪手",还能成为下一任 CEO 的候选人,说心里话我还是感到开心的。开心主要不是因为我个人受到了认可,而是我们娱乐部门受到了认可。要知道,以前总部的人一提到娱乐部门，都会带着一种冷嘲热讽的态度。可如今，娱乐部门也成了索尼公司的核心部门，这是之前的我们想都不敢想的。

当时我面临的最大问题依然是改良 PlayStation 3。现在反思起来，对于霍华德·斯金格先生提出的"统一的索尼"构想，也许当时的 SCE 应该多做一些贡献。不过当时我们即使有此想法，现实情况也让我们有些力不从心，因为当务之急是尽快摆脱 PlayStation 3 卖得越多赔得越多的"亏损"状态。另外，虽然当上了索尼公司的执行副总裁，但是我对包括游戏在内的网络化产品与服务事业部的工作，一点也不敢怠慢。而且，当时在次贷危机的影响下，日本各大电器企业都出现了不同程度的业绩恶化。索尼公司 2008 年度的营业亏损创出了纪录，可以说已经处于十分危急的状态了。在这种情况下，跟我说成为索尼公司的 CEO 候选人，我根本就没有心思理会，当时根本就不是谈论这个问题的时候。

再次自动驾驶

时间来到 2011 年，我的生活发生了巨大的变化，每一天都过着暴风骤雨般的日子。这一年的 3 月 10 日，也就是发生东日本大地震的前一天，我被任命为索尼公司的副总裁，同时兼任 SCE 总裁。就和当年的久夛良木健先生一样，同时肩负着 SCE 和索尼公司两个重任。当时，SCE 最大的危机——PlayStation 3 的亏损状态终于得到逆转，并开始转入盈利的状态。而且，PlayStation 4 的开发也在有条不紊地进行着，为两年后上市做最充分的准备。

作为久夛良木健先生的接班人，当我接任 SCE 总裁的时候，发现重整 PlayStation 3 的工作远比想象中艰难，而那时的 SCE 里危机四伏。经过艰苦的奋斗，到现在终于有所转机，职员们的紧张情绪也终于见到一点缓和的迹象。SCE 的组织逐渐步入正轨，可以"自行运转"了。可以说，这是管理层期望见到的状态，但我的心中又不自觉地出现了无法用语言表达的违和感。没错，SCE 也开启了自动驾驶状态，而这种自动驾驶状态正是我的不安感的来源。从索尼公司的高度来看，这个时候让我兼任公司副总裁，也许恰恰是最好的时机。

　　成为索尼公司的副总裁之后，我就要参与面向一般消费者的所有产品和服务的决策，包括电视机、录像机、数码相机、个人电脑、游戏等。当然，游戏是我熟悉的领域，但是像电视机、数码相机之类的电器产品，我可就纯粹是个门外汉了。而电器部门的不景气，才是索尼公司最大的经营问题。索尼的中枢就是电器部门，可是要重整电器部门，让我这个门外汉从何下手呢？任重而道远啊，我的心就像压了一块大石头。

　　3月11日下午2点26分，正当我在公司开会的时候，一阵剧烈的摇晃袭来……关于那场大地震，相信每一个日本人心中都留下了一段难以磨灭的记忆，我也不例外。要想讲述那段记忆的话，恐怕就会像决堤的洪水一发不可收拾。

　　位于日本东北部地区的索尼工厂和研究所毁坏严重；宫城县多贺城市的索尼仙台技术中心直接受到海啸冲击……当时仙台技术中心的员工和附近居民大约1200人，他们为躲避海啸，在中心2楼度过了寒冷且恐惧的一夜。在员工们的努力和志愿者的协助下，索尼的各个分支机构比较早地恢复了运转。在当时的情况下，员工和他们的家属依然生活在重重困难之中，但他们努力克服，在工作上迈出了积极向前的一步。

就在这个时候，一个与地震毫无关系的危机却悄然迫近了。

网络攻击

2011年4月19日，美国当地时间下午4点多，位于加利福尼亚州的索尼PlayStation Network（PSN）服务器在没有任何征兆的情况下突然不正常地重启了。后来查明，是黑客发动了网络攻击并入侵了这个服务器，迫使我们在第二天，即4月20日暂停了PSN服务。索尼尚未完全从日本大地震造成的混乱中翻过身来，就又遭受了大规模网络攻击。

至于在这次网络攻击中索尼到底遭受了什么样的损失，

必须先处理庞大的数据之后才能理出头绪。为了掌握受损情况，我们的当务之急是解析数据，可是，后来这成了我们被社会批评的一大原因。因为索尼公司到了美国时间的 4 月 26 日才对外公布在这次攻击中出现了数据外泄。于是，来自社会各方面的批评之声蜂拥而至，质疑索尼公司为什么不早一点公布数据外泄的情况。而在此之前，也就是日本时间的 4 月 26 日，索尼公司发布了自己的首款平板电脑 Tablet，这款产品是为了对抗苹果公司的 iPad 而专门研发的"索尼平板电脑"。那一天，我站上了发布会的讲台，为大家展示这款网络时代新产品的魅力。讽刺的是，与此同时，网络时代的最大黑暗面——黑客攻击所造成的数据泄露（在那个时间点还只是怀疑）开始逐渐浮出水面。不过在发布会现场，我不可能向大家揭露网络的黑暗面。

随着调查结果出炉，索尼公司向外界发布，最多可能已经造成 7700 万件包括姓名、住址、电子信箱地址等个人信息的泄露。虽然索尼公司对这些数据进行了加密，但其中包含的信用卡信息还是存在非常大的风险。在那个阶段，索尼公司只是通过一份声明文件陈述了相关的调查结果，对此，社会大众当然不会感到满意。在这种情况下，索尼公司到底应该向社会传达些什么，如何传达呢？对此，公司内部出现了意见分歧：我认为，我们应该立刻把已经掌握的情况以记者招待会的形式向社会公开，并坦诚道歉；可是，公司负责法务的执行副总裁尼克尔·塞利格曼（Nicole Seligman）的主张与我截然相反。在美国，如果企业陷入类似的情况，对于在何种时机公开哪些情况，各个州都有自己的法律要求。原本，在这次事件中索尼公司也是网络攻击的受害者，实际上，索尼公司已经向美国联邦调查局（FBI）提出调查请求。尼克尔·塞利格曼女士认为，在尚未掌握确切信息的情况下，就盲目公开道歉的话，有可能引发全美规模的针对索尼公司的集体诉讼。

尼克尔·塞利格曼女士是一位非常有实力的美国律师，她曾在克林顿总统"拉链门"事件中有出色的表现。我相信，她的判断可以说是来自美国法律专家的无可挑剔的判断。但是，索尼公司毕竟是一家日本企业，只要索尼公司的总部还设在日本，在日本还有项目运营，那么，对于日本的客户和所有相关人员，我们就有责任向他们公开"目前掌握的情况",并真诚地向他们道歉。

　　巧合的是,当时索尼公司的最高领导者霍华德·斯金格先生正在纽约治疗他的老毛病——腰疼。他把我任命为公司副总裁,并出席了大地震前一天的董事会后,就飞回美国做腰部手术了。震灾发生后,为了鼓舞东北地区索尼分支机构的士气,霍华德·斯金格先生专程飞来了日本一趟。在工作结束后,他又飞回了纽约继续接受治疗。

"公司就快完了"

　　在索尼沉默的时间里,媒体的报道却越来越多。我想,不能再犹豫了,于是给纽约的霍华德·斯金格先生打去了电话。

　　"在日本,我们必须道歉!日本有日本的文化,您必须接受这个现实。不道歉的话,公司就快完了!到时即使说自己是受害者,也于事无补。道歉的事我来做,交给我来处理吧！"最终，霍华德·斯金格先生同意了我的请求。于是，5月1日，我们在索尼总部大楼的大会议室举行了记者招待会，向社会大众报告了现状以及今后的应对措施。

在这样的时候，我该向谁传达什么样的信息？我想，首先应该向用户致歉。所以招待会一开场，我做的第一件事就是鞠躬致歉："给用户带来诸多不安和困扰，在此我谨代表索尼公司向大家表示深深的歉意！"

那次网络攻击，在当时是有记录的规模最大的一次，美国很多议员都对这种行为表达了谴责。当时，我还当场连线了身在纽约的霍华德·斯金格先生，我们一起向公众做出了"索尼公司将把当前掌握的一切信息诚心诚意地告知公众"的承诺。也许是我们的诚意打动了大众，之前被炒得沸沸扬扬的舆论终于出现了慢慢冷却的迹象。

至今我仍认为，当时我们应对危机的策略，对索尼公司来说是一个巨大的教训。在遇到突如其来的危机时，大多数情况下我们难以在短时间内100%把握事态。这个时候，公司能做的是"即便信息尚不完整，我们仍应该把当前知道的一切诚实地告知公众"。当然，我们不能隐瞒"掌握的信息仍不完整"这个事实,更重要的是告诉公众,"下一次我们将在何时再次公开信息"。设定好时间间隔,定期公开信息、解释信息。最初公开的信息肯定不完整,但随着公开次数的增加和信息的丰满,最终会逐渐将事情的真相还原在公众面前。毋庸置疑,结果很重要,但在过程中展现自己诚实的态度更为重要。

我想基本上所有大企业都有自己的危机管理手册,但遗憾的是,索尼公司危机管理手册的内容尚停留在一般理论的阶段,并没有具体措施。这样的危机管理手册,在遇到突发状况时,根本派不上用场。真正有用的危机管理手册,必须具备具体的行动指南,比如到何时为止,在什么场所,采取什么对策,并设定一定的选择依据,让管理者能在危机中做出最优选择。对于经营管理者来说,处理危机的能力并不是危机发生后随机应变的能力,而是平时做好充分准备,并反复演习培养出来的"按手册执行"的能力。

就任索尼总裁

东日本大地震在日本企业界同样引发了一场大海啸,这使索尼公司的 2011 年风雨飘摇。就在 2012 年的年初,霍华德·斯金格先生向我抛出橄榄枝:"希望你来当索尼公司的总裁。"后来的新闻报道称,我就任了索尼公司总裁一职,而霍华德·斯金格先生兼任董事长和 CEO。当初霍华德·斯金格先生的确是这么和我说的,但在我的记忆中,在后来的某个时间点他又变卦了,对我说:"总裁和 CEO 都拜托你了。"最后,霍华德·斯金格先生既没当总裁也没当 CEO,只当了 1 年的董事会主席,为我的工作提供协助。

不管这个人事变动情况的细节是怎样的,总之,索尼公司的领导重任落在了我的肩上。曾经,外界将我与其他 3 人并称为"4 个火枪手",而且我也是下一任公司总裁的候选人之一,但这些我都不太当回事。从我的职业生涯来看,我觉得自己和索尼公司总裁这个职位没什么缘分。最初我一直沉浸在索尼音乐的音乐世界中,后来调到纽约赴任,结果那里的上司丸山茂雄先生又叫我去"给 PlayStation 帮个忙"。我认为这只是一个临时性的工作，而且是有期限的，可是去了SCEA后就不放我回去了。现在想起来，到SCEA帮助工作，是我人生中的一个重要转折点。从那时开始，我体验到了游戏行业的乐趣，我就这样着了魔似的在游戏行业摸爬滚打了17年。不管是在美国，还是在东京青山的SCE总部，我都曾发誓"要在这里扎根"！结果都没能如愿。没想到，索尼公司顶层领导者的重任竟然能落到我的肩上，人生还真是不可思议。

在我以往的事业生涯中，曾经为SCEA和SCE两家公司实现经营逆转做出贡献，对此我满心自豪。但是，接下来这份工作——掌管整个索尼公司，它的难度和挑战绝不是前两次可以比拟的。因为在当副总裁的1年时间里，我已经深有体会了。"赶紧接下来吧。""平井，你还在犹豫什么？"前辈们半开玩笑似的给我送来激励的语言。因为索尼公司的困难状况，是任何人都心知肚明的。我接过总裁接力棒的时候，索尼公司已经到了悬崖边上。数字可以告诉我们一切。索尼公司的合并损益已经连续4年亏损，而且赤字的规模在连年扩大，2011年度的亏损更是达到了历史最高的4550亿日元。电器部门的不景气是最大原因,其中电视机部门已经连续 8 年出现经营亏损。

我担任索尼公司副总裁后,因为也负责电器部门的事业,1 年时间里我最直观的感受就是"再这样下去就完了"。也正因为如此,我没有理由拒绝担任公司总裁。在我担任副总裁的时间里,索尼公司的员工总数有 162700 人。当意识到索尼公司的规模如此庞大后,我甚至产生了眩晕的感觉。

我曾经不止一次发现公司内部四处弥漫着丧失自信的气氛。但是,在我履行副总裁职责的 1 年时间里,我也无数次感受到,整个公司里没有一个人自暴自弃,没有一个人说"就这样混下去"。也许大地震和网络攻击这样的非常事件是让大家能凝聚在一起的原因,但他们不放弃的决心确实感动了我。尤其是年轻人,他们都意识到"这样下去不行",而且会进一步想"我能做得更多"。他们内心蕴藏着热情的熔岩,我是能够感受到的。"索尼还没到山穷水尽的地步!"要让员工对索尼心怀希望,并把他们心中蕴藏的熔岩激发出来,这正是我要攻克的难题。但是,重建一个连续 4 年出现亏损的超大企业谈何容易,暴风骤雨的日子还得继续。不,应该说真正的风暴才刚刚开始。

在严峻的形势中启航

"为了索尼的未来，我们将面对很多不可避免且伴随着痛苦的决策、判断、执行。"2012年2月2日，在新总裁亮相的记者见面会上，我这样说。尽管是新总裁亮相的日子，台下各家媒体却完全没有一点祝福的意思，他们的提问全部集中在公司业绩持续恶化和裁员上。正如我说的那样，若改革不"伴随着痛苦"，改革不彻底，则根本无法帮助索尼摆脱危机。不过，我还说了一句话："竞争对手和经营环境不会等我们，我们没有什么可犹豫的，对此我们有充分的认识，并将以坚定的意志和决心去推进公司的改革。"

这绝不是装腔作势，而是我内心信念的一种表达。2012年4月1日，我正式就任索尼公司总裁兼CEO，两周后我迎来上任后的第一项重要工作——4月12日举行的中期经营计划记者发布会。在发布会上，我宣布了索尼公司将不得不裁员1万人的决定，这就是伴随痛苦的体制改革之一。

"连续8年出现亏损的电视机部门，还有继续存在的必要吗？"台下记者抛来了现实而残酷的问题。我的回答是："我们还是希望继续把索尼的电视机送到顾客家里，对此我们怀有执着而强烈的信念。"但是，对于我的回答，媒体和新闻记者们都不太相信，看来我只能用结果来证明了。

平井一夫和霍华德·斯金格（2012年2月）

从那次记者会开始，社会各界对索尼公司的批评声在数年间不曾停止。当年 6 月底，公司召开了股东大会，可在股东大会前夕，索尼的股票价格跌破了 1000 日元大关，创出了 32 年来的新低。所以在大会上，股东对管理层的批评和指责蜂拥而至。

"股价跌破 1000 日元，真是屈辱！"

"所谓的新体制改革，还是换汤不换药，根本没有起色。"

"你们对现状的认识太幼稚了！"

虽然股东们批评得很尖锐，但他们说的是事实，我们只能接受。我接下来要做的事情，就是帮助索尼公司实现经营逆转，用成绩来回应股东的批评和激励。正如我在就职记者会上说的那样，我已经做好承担经营责任的心理准备。在周围一片怀疑的视线中，我开始了索尼公司的重建工作。这也是我职业生涯里第三次尝试经营逆转，我深知自己肩上责任重大。

该从何入手呢？我想，应该和以前一样，先行动起来，去工作现场倾听职员的心声。

"愉快的理想工厂"

出席中期经营计划记者发布会是我成为索尼公司 CEO 后的第一项工作,但实际上这样说并不准确。应该说,那是我作为公司总裁兼 CEO 第一次在公众场合露面。实际上,在 2012 年 4 月 2 日,也就是我正式接任公司总裁兼 CEO 的第二天,举行新员工欢迎仪式之后,我就直奔东日本地震中受灾严重的宫城县多贺城市的索尼仙台技术中心。我一直关心那里的灾后重建的进度,所以刚宣布就任总裁就计划去看一看,但因为当年 3 月 11 日(地震受灾 1 周年的纪念日)当天,技术中心禁止访问,我只好把访问日程安排在 4 月 3 日。到了那里,我首先到一线去听取员工发自内心的声音,然后再表达出自己要让索尼再次辉煌的决心。成为索尼公司的领导者之后,我的第一项工作实际是从这里开始的。

当然,我要去的地方不仅限于日本。在随后的半年时间里,只要时间允许我就辗转于索尼公司在世界各地的分支机构之间。仙台是我的起点,然后是泰国、马来西亚、美国的

4个城市、巴西的2个城市、中国的5个城市、印度的2个城市，还有德国……粗略估算一下，这些城市之间的直线距离加起来已经可以绕地球4周了。我每到一个地方，白天就开全体员工大会，与员工沟通；晚上则召开晚餐会，一边小酌，一边和员工联络感情，了解情况。

这一趟趟旅程让我更加确信——当副总裁时感受到的——职员心中"热情的熔岩"是真实存在的。不管去哪个国家的分支机构，我都能感受到职员们的能量。不管用什么样的方式，他们都表现出"索尼不应该是现在这样"的情绪，这种能量之强大，有时甚至会让我有压迫感。但与此同时，我也察觉到另外一种情绪："现在的索尼失去了方向。"

索尼公司以家用电器为中心，涉足的领域包括游戏、音乐、电影、金融等多个行业，是一个巨大的企业集团，但当时这个庞大组织内部各有各的方向，大有四分五裂的态势。霍华德·斯金格先生曾提出建设"统一的索尼"，我也反复提到"一个索尼（One Sony）"的口号。虽说我们都希望索尼公司能"统一起来"，可究竟以什么为中心，我们依然处于茫然不知的状态。

"我们想成为一家什么样的公司？""这家公司为了什么而存在？"追问这些根本问题的答案，被很多企业当作任务、使命、目标、价值观、愿景或者企业理念。但在索尼公司中，我感觉到一种"那样的问题有点太土气了"的氛围。可正因为索尼公司涉足的领域太过宽泛，要想把公司统一起来，就需要找到共同的目标。认真想一下，曾经的索尼公司是有共同目标的。深井大先生和盛田昭夫先生两位伟大的创业者创立索尼的前身东京通信工业的时候，在《设立东京通信工业的宗旨书》中，写下了他们的理想："建设一个自由、豁达、愉快的理想工厂，以便让认真的技术工作者能将他们的技能最大限度地发挥出来。"

这是深井大先生所起草的《宗旨书》中"创立公司的8条目的"中的第一条。当时日本宣布投降仅仅5个月时间，日本几乎一片焦土，一切都要从头开始。

成为索尼公司总裁之后，我曾反复多次阅读这份《宗旨书》，我感受到这才是索尼公司的旗帜：一个小小的工厂，召集众多技术工作者，在深井大先生和盛田昭夫先生的带领下，所有人开展了热火朝天的技能竞争。两位创业者想让这些技术工作者永远安心地待在这家愉快的理想工厂中。换句话说，任何一位员工读了《宗旨书》之后，都能明白这家公司的目标是什么，它的理想是什么。

作为索尼公司的两位创始人和当时众多"认真的技术工作者"的后辈，我也认为"建设一个自由、豁达、愉快的理想工厂，以便让认真的技术工作者能将他们的技能最大限度地发挥出来"绝对是值得让人们铭记的格言。当然，在索尼公司之外的人看来，我这样说有可能会有自夸的嫌疑，但这确实是我发自内心的想法。只不过，如今的索尼已经发展成一个涉足领域极为广泛的企业集团，职员的思想认识也发生了变化。如果我只是把老前辈们的教诲照本宣科地讲给他们听，我想应该很难引起他们的共鸣。

对"KANDO"的寄托

新时代的索尼发展方向在哪里，我认为必须要找到一个能表达方向性的口号。于是我在思考，当前的索尼是一个处于危机边缘，但内部又蕴含着炽热能量的企业，有没有一个词语、一个口号能让索尼再次团结起来呢？我开始寻找能够体现新时代索尼宗旨的语言。

我自己有思考，和大家也讨论过很多次，但很难用一个词语来整体概括索尼的大方向。在寻找的过程中，一个词再一次袭上了我的心头，那便是"KANDO（日语'感动'的发音）"。

提供感动的公司，这不正是索尼现在要寻找的状态吗？不正是索尼要前进的方向吗？我心中认定，就是"它"了。

又回到我个人和索尼产品之间的故事。作为索尼产品的用户，我一直认为索尼是一家"提供感动的公司"。索尼5英寸便携式电视机给年幼的我带来了无数的惊喜和感动。要讲起在我头脑中印象深刻的索尼产品，那可真的太多了。

比如索尼收音机"Skysensor"。那是20世纪70年代索尼的招牌产品，对于机械爱好者的我来说，那款收音机简直是我少年时代的宝贝。因为它可以接收短波，所以我经常用它收听外国广播。大概是在中学阶段，我在秋叶原一家怪里

逆势突围

怪气的电器店买了一台 Skysensor 收音机。其实当时我想买最新型号的"Skysensor ICF-5900",但我和店主一番讨价还价后,他仍旧不肯松口,最终囊中羞涩的我只买了一台过时的型号"Skysensor ICF-5800"。尽管是过时型号,但对我来说依然是个宝贝。

少年时代的宝贝——Skysensor ICF-5800

长大成人之后,有一次我见到网上在拍卖"Skysensor ICF-5900",于是果断出价。可就在拍卖结束前的几分钟,有另一位买家出价更高,结果这台收音机被别人抢走了,现在想起来我依然会觉得后悔不已。

我最喜欢的录音机是索尼的"TC-K55"。那款机器是1979年上市的,售价高达59800日元。那款录音机让我觉得很棒的地方是机器中央部位的指针式音量计和LED的峰值指示器。后来我才知道,那个LED的峰值指示器就是久夛良木健刚当工程师时的设计。

在距离现在比较近的索尼产品中,我印象比较深刻的是2001年上市、使用"MICROMV"技术的超小型数码摄像机。在我当上索尼公司总裁之后,有一次和研究部门的同事聚餐时,我抱怨那款摄像机"用的时候经常死机",结果,在场的一位工程师赶紧道歉说:"总裁,那是我设计的,非常抱歉。"让当时的场面变得有些尴尬。

Walkman、彩色电视机就不用过多介绍了,这些都是在索尼历史上留下浓墨重彩的经典产品,每一款都给用户带去了数不清的感动。那些经典的产品,都是被"愉快的理想工厂"感召而来的职员通过默默的努力，在共同价值观的指引下创造出来的。

我认为，那个价值观的方向到现在依然没变。甚至应该说，如今因事业领域拓展太宽而变得几近四分五裂的索尼公司，比任何时候都更需要当初那个价值观。

我把这个价值观总结为"KANDO"。为什么不直接用日语"感动"而要取它的发音，使它看起来像一个英语单词呢？因为我认为，这种形式更能唤起国际员工的共鸣。"KANDO"这个像英语而又不是英语的单词会激发他们的好奇心，"这个词是什么意思呢？"在探寻这个词背后意思的过程中，他们能发现它的深意，也就更容易理解索尼公司的价值观。

就这样，我决定用"KANDO"表示索尼公司应该前行的方向。可能有人会质疑："索尼公司已经连续几年出现巨额亏损了，作为一个领导者你还去找什么词语来做口号？"

我认为，对于一个庞大的组织，如果没有一个能够指明方向的口号，那么一切都无法开始。这一点绝对不能马虎，因为在此之前两次实现经营逆转的过程中，我就已经深刻认识到了这一点的重要性。

不过,也是有条件的。只有口号真正渗透到每一名员工的内心深处,这个口号才有意义。否则的话,不管多么深刻的口号,最后在员工心里只会沦为"新上任的总裁一时兴起想出的漂亮话"。

怎样才能让索尼的价值观深入员工内心呢?在第三章中我讲过"现场感产生危机感",其实,现场感还能产生"整体感",于是,我再次踏上了"环游世界"的旅程。

"高高在上"的领导者无法有效传达思想

我在总裁的职位上为索尼公司工作了6年。这6年间,我游走于世界各地的索尼分公司、分支机构之间,总共出席了70多次员工大会,几乎和所有索尼公司的员工都以大会的形式见过面。也就是说,在这6年的72个月里,平均每个月我都要在世界某个城市的索尼公司下属公司参加一次员工大会。

我所到的地点遍及世界各地,开会的会场也各式各样,有时候到了大型的分公司或工厂，会在大会议室或工厂内宽阔的地方召集员工开会。在索尼的悉尼分公司，当地员工有几百人，于是他们就租了一个体育馆，还请来索尼音乐的签约艺人现场表演。在规模较小的分支机构，我们就在办公室里开会，比如在圣地亚哥，我和当地职员一边烧烤一边谈心；在洛杉矶，我们在拍电影的摄影棚里开员工大会……各地的员工大会参会人数、会场气氛都大不相同，但不管在哪里，我要传达的思想都是一致的，即"索尼的目标是KANDO（感动）！希望大家持续不断地创造出能给顾客带去感动的产品和服务"。这个理念，必须由公司高层亲自传达。虽然有时候——比如近期因为新冠疫情的关系——高层领导者无法到现场向员工传达思想，但是我认为，只要有可能，还是需要领导者到现场面对面与员工交流，以文件或视频会议的形式传达思想，是无法引起员工共鸣的。

在员工大会上，我最重视的并不是自己的演讲，而是演讲之后的问答环节。不管到哪里和员工交流，在问答环节我最先说的一句话都是："大家一定要遵守规则，那就是'没有任何规则'。换句话说，大家有什么问题都可以问。"

2017年，平井一夫在印度尼西亚的索尼分支机构召开员工大会时发表了演讲

　　接下来我还会说："公司的事情大家可以随便问，就连我的个人生活，大家感兴趣的话也可以问。在这个场合，不存在任何'傻问题'。当然，有些问题我可能回答不上来，遇到这种问题时我会如实告诉你们我回答不了。所以，请大家畅所欲言，随便提问吧。"不过，即便我这样说了，多数员工还是不相信"可以向平井一夫总裁提任何问题"。一开始，敢于举手提问的人确实寥寥无几，即使有人提问，问的基本上也都是"中规中矩"的问题。当时大家心里的想法可

能是:"如果真的提出离谱的问题,恐怕会惹总裁生气吧,还是算了,把总裁惹生气就不好了。"而且,员工们还会在意同事的眼光,不想成为别人眼中的异类。这样的心情我非常理解,所以,我必须主动营造一种"什么问题都能问"的轻松气氛才行。

一提到和总裁开会,站在员工的角度看,他们的心情肯定放松不下来。我该如何把气氛搞得轻松一点呢?

首先要放弃的就是事先收集员工的问题,然后在会上由主持人念出来。因为那样容易被员工认为是事先准备好的问题与答案,是形式主义,从而失去了与员工交流的意义。组织员工大会的工作人员当然希望会议能够顺利完成,尤其是总裁亲自参加的大会,出任何纰漏都不好,组织者的心情我是理解的。但事先我都会告诫他们:"不要做任何准备,没必要。"如果在会上我说些不痛不痒的话,回答一些中规中矩的问题,那开员工大会还有什么意义呢?不但没有收获,还会让人觉得我这个总裁毫无新意,是个碌碌无为的人。那样的话,员工就更没有意愿提问题了。

这种时候,我会用开玩笑的轻松语气向大家透露一点我个人生活中的琐事,比如:"大家可以随便问。以前在别的分公司和员工开大会时,经常有人问我在家里做不做家务。"听我这么一说,台下的员工开始放松下来,气氛也慢慢活跃起来,开始有人提问了:"您和您太太是怎么认识的?"有人提出这样的问题,就正中了我的下怀。

"真是个好问题!"先赞扬提问者的勇气,然后正面回答,"我大学毕业刚进入 CBS 索尼唱片的时候,和我未来的太太分在了一个部门。"回答的时候要掺杂一些趣闻逸事,甚至是幽默的笑话,让大家放松是最重要的。随后,员工的好奇心就会像决堤的水一样喷涌而出,纷纷开始举手提问,其中就会涉及有关公司大计的"正经"问题。比如:"对 KANDO 这个词我不太理解,您能给我们详细介绍一下吗?""我是负责整个泰国市场的经理,您提出建立'一个索尼'的战略,可是我连公司总部的人都没见过,您说我能做些什么贡献呢?"

毋庸置疑,对于这样的问题,我一定会非常认真地回答。

有时候我还会带太太一起参加员工大会,一方面是展现我全身心投入工作,家人也很支持我的工作,另一方面我也有自己的打算：我想让大家看到我普通人的一面——和太太一起站在台上，当她批评我的时候，我也会表现出"妻管严"的样子。其实，那并不是在展示我的演技，而是真实情况，因为现实生活中我就是那个样子。

这样一来，员工就不会再把我看作一个"遥不可及的人物"，而是和他们一样，为了家人努力工作的普通上班族。我们都是索尼公司的一分子，现实确实如此，但要向员工表达出来，就需要花点心思。

我不是神

我在1984年进入 CBS 索尼唱片工作，当时索尼公司的总裁是大贺典雄，他是第五任总裁。当时，索尼公司的两位创始人，深井大先生任名誉董事长，盛田昭夫先生任董事长。他们对我来说，都是遥不可及的人物，尤其是两位创始人，简直是神话人物一般的存在。

4 在暴风之中

在两位创始人中，我有幸亲眼见过盛田昭夫先生，不过，只是在 CBS 索尼唱片创业 20 周年的纪念典礼上见过。当时，我作为迎宾队中的一员站在公司门口迎接盛田昭夫先生，他下车走进公司的过程中，我近距离地看到了他，仅此而已。他就在我面前经过，物理距离上近在咫尺，可我又感觉他远在天边。他是索尼公司的董事长，还是名震整个产业的创业者。虽然我不想把创始人神化，但是在我眼中，白发苍苍的盛田昭夫先生就是神！

大贺典雄先生，对我来说同样是遥不可及的人物。我第一次见到他是在 1995 年，正值 PlayStation 在美国发售前夕，大贺典雄先生带领一队索尼公司的高层到纽约视察。我的任务是为他们介绍 PlayStation 的情况，在不久之前我还只是索尼音乐的一个股长，是个不值一提的小角色。所以，当我在为高层做介绍的时候，我能感受到他们讶异的目光，仿佛在说："这小子是谁？"

不管怎么说，对当时的我来说，索尼公司的高层是住在另一个世界的人物。尤其是对于我这种不在总公司，而是在边缘地带的音乐、游戏子公司的人而言，就更觉如此了。虽然如今音乐、游戏也是索尼公司的核心事业，但在那个时候，索尼还是"电器为王的索尼"。

两位伟大的创业者，还有大贺典雄总裁，毫无疑问都是神一般的人物，但我不是，我不是高高在上的，我不希望索尼的员工这样看待我。可现实中，员工也许不这样想。不管谁当了索尼公司的总裁，下面的员工都会仰望他，就像当年的我一样。要打破这种固有的认知，必须从总裁自身做起。

我经常说，"不能按照头衔来工作"，如果把总裁这个职位当作盾牌，那么我根本无法从员工那里听到真实的声音。如果领导者无法和员工建立起信任，那么不管提出什么样的口号，再怎么高喊"KANDO""一个索尼"，员工都无法产生共鸣，更不可能采取有效的行动。

不能按照头衔来工作

要想获得员工的"选票"，让员工认为"这个人说的话，我愿意听",领导者必须从一点一滴的小事做起,积少成多才能赢得员工的信任。

有几件事我想与读者分享,一件是我去工厂发生的事情。不管是去工厂还是去分公司,吃饭的时候我都会去员工食堂和大家一起吃。但是,到了这家工厂的食堂,我发现有一块专门用隔离带隔离出来的"VIP"区。这是为我准备的就餐区,而且饭菜还是专门点的外卖。对此我有些生气。

还有一次,在另一个工厂,为了了解员工们平常的伙食,在吃饭的时候我会和员工一起排队打饭。当我拿到饭菜坐到桌前尝了一口,味道很不错,这让我很欣慰。"工厂的饭菜还真不错啊!"我跟旁边的员工搭话道。但他说:"那还得谢谢您!因为您今天来视察,所以食堂特意安排了好吃的。"原来是这样,这可不行!我是被特殊对待的,我还是被看作"高高在上"的人物了,大家心里根本没有想过跟我平等地交流。事情已经发生了,这次没办法了,但我告诉当地的工厂负责人,下次不能再搞特殊化了。

去西班牙出差的时候,我也遇到了意想不到的情况。住进酒店后,我发现房间里摆放着索尼电视机,但总觉得哪里不太对劲儿。我摸了一下电视机的背后,发现一点灰尘也没有。和室内的其他物品相比,这个电视机明显要新很多,而且后面的配线也都是崭新的。"莫非……"我找来为我安排行程的当地工作人员一问,果然不出所料。他说,因为是东京总公司的高层领导来视察,所以就把酒店房间里的电视机换成了索尼的。"为什么要做这种事呢?"我望着那台电视机,深深叹了一口气。这并不是当地工作人员的错,可能在我任总裁之前,这些在他们看来都是理所当然的事情,但现在我当了总裁,我就要改变这种状况。

我还有一个体会。在我担任 SCEA 总裁的时期,曾经成功减肥 20 公斤。"迫使"我减肥的起因,是有一天女儿拿着我的结婚照指着照片中的我一脸坏笑地问:"这个人是谁呀?"当然,这只是一个表面原因,深层次的原因在于,我意识到自己的形象还代表着"公司的脸面"。因为 SCEA 是一家面向消费者提供产品的公司,我出席展示会、发布会的机会越来越多,也就是说,我在公众面前露面的机会增多了。当时,每当推出智能产品或服务的时候,公司高层在发布会上的表现将直接影响产品或服务的推广。所以,从那时开始我就决定必须让自己保持健康的体形、良好的形象。而且，公司职员看待我的视线我也很重视。

作为公司的总裁，如果不能从自身做起采取行动，现状就不会改变，就一直会被当作"高高在上"的人物。那样的话，我怎么好意思号召大家"不能按照头衔来工作"呢？所以任何细节我都要注意。举个例子，索尼有一个传统，每当有员工的孩子上小学一年级的时候，公司就会为孩子举行一个"赠送书包的仪式"。这是索尼创始人深井大先生开创的传统，现在轮到我为小学生赠送书包了。我想了一下，我的个子比小学生高很多，如果只是正常地把书包递给他们，怎么看都有一种居高临下的感觉。于是，我决定跪下来给孩子们发书包，这样我就跟孩子们"平起平坐"了。在仪式现场，我想肯定有一些家长，即索尼的员工看到了我的举动，也觉察到了我的意图。我这样做的目的，也是让他们感觉我不是一个"高高在上"的人。

可能有读者会问，"不能按照头衔来工作"这个理念是我原创的吗？我的回答是否定的，现在想来，这个理念应该是丸山茂雄先生教给我的。他是我在索尼音乐工作时期的上司，也是把我带入游戏行业的引路人。我们都知道，索尼音乐的前身是 CBS 索尼唱片，而丸山茂雄先生是 CBS 索尼唱片的元老，也是这家公司的初创人员之一。前面讲过，久夛良木健先生在推进 PlayStation 项目时，受到了来自公司内部的阻力和质疑，丸山茂雄先生为了支持和保护他，把他"藏"到自己创立的 EPIC 索尼公司中。后来有一段时间，丸山茂雄先生兼任索尼音乐和 SCE 两家公司的副总裁。再后来，他又晋升为索尼音乐的总裁，以及 SCE 的董事长。

当时的丸山茂雄正是志得意满的时候，可他和我们说话的时候一如往常，他平易近人且不拘小节，还经常带一些粗话。不管他的地位多高，平时的着装基本上就是白色 POLO 衫配牛仔裤。当然，工作中需要做决策的时候，他会严肃对待，但他留给我的印象，大部分是开怀大笑的样子。

后来，不可思议的事情发生了。当丸山茂雄先生给我们安排任务的时候，即使我们心里觉得"这个任务有点难为我了"，但转念一想"既然是丸山先生交代的任务，我必须做好"，便会义无反顾地接受，并且会全力以赴地做好。在 SCEA 工作时期的我，就是这样看待丸山茂雄先生的。看到他频繁往返于东京和福斯特城的忙碌身影，我会觉得："上司都这么拼命，我也得努力工作才行。"所以，当丸山茂雄先生对我说"你来当 SCEA 的总裁"时，我实在说不出拒绝的理由，甚至我心里想的是"为了丸山茂雄先生，我也得承担起这个责任"，然后拼尽全力去当好这个总裁。

丸山茂雄先生正是一个"不按照头衔工作"的人。而且，他也是把"经营者需要高情商"这句话体现得淋漓尽致的人。在我年轻的时候，就遇到了堪称"领导者样板"的人物，真是人生中的一大幸事。

丰田的启示

我提倡"KANDO"这个口号，并不仅限于我当上总裁之后短暂的时间，绝不是 3 分钟热度，而是我在任的 6 年中，一直反复提倡的。就像 CD 机播放音乐时卡碟了一样，反复不停地播放一句话"KANDO、KANDO、KANDO……"因为如果不如此反复强调，我的思想就无法传达给全体职员，更无法渗透到他们的心里。

关于这一点，给我启发最大的是丰田汽车的总裁丰田章男。

我和丰田章男的交集，只是在某个活动上简单地寒暄过几句。他就任丰田汽车总裁比我就任索尼公司总裁早3年，上任之后他就反复向丰田员工强调"要造出更好的汽车"！这个口号不是喊了一两年，而是一直提倡。要想改变一个庞大组织的思想意识，即使像丰田章男如此有向心力的领导者也要反复地强调一个口号，可见"反复强调"是多么重要，于是，我也把这项经验借鉴并运用到自己的工作中。

丰田章男还有一个令我敬佩的地方是他获得了赛车许可证，并化名"Morizo"亲自参加了赛车比赛。作为日本汽车产业的顶级领导者，甚至是世界汽车产业的顶级领导者，能亲自下场参加赛车比赛，可以说全世界也找不出第二人。这种"亲身参与"的榜样力量非常强大。当"Morizo"身穿赛车服，头戴头盔，手握方向盘，驾驶赛车参加赛车比赛时，无疑向丰田员工传达了一种非常强烈的信号——"这个人是真心喜欢汽车"！丰田章男不是用语言表达，而是用自己的实际行动来传达这个信息。我觉得这一点他做得非常了不起，用我的话说就是"现场感带来整体感"。除此之外，他的这个行动还有另外一个巨大效果。

"总裁必须是自家产品和服务的头号粉丝"，这也是我常说的一句话。丰田章男用这种最为直接的方式告诉世人——"我就是丰田汽车的头号粉丝！"当然，这绝不是表演，而是发自内心的对丰田汽车的热爱。如果不是这样，丰田章男不可能做出如此拼命的事。

点燃工程师之魂

和丰田章男一样，我也不是工程师出身。可是，在索尼公司里实际负责开发产品、制造产品、设计服务，这些都是工程师才能完成的工作。于是我一直在思考一个问题——该如何点燃他们的工程师之魂呢？这是我上任之后的一个重要课题，也可以说是让索尼公司再度辉煌所必不可少的一项工作。

丰田章男先生化名作"Morizo"参加赛车比赛，用实际行动去提高丰田员工的积极性。而我也在思考，如何才能让索尼员工们知道"我是索尼产品的头号粉丝"。说实话，我并不只是口头上说自己是索尼产品的头号粉丝，在内心深处我是真的认可索尼产品。但这种心意不传达出去，有什么意义呢？为此，我做的第一件事情还是"深入一线"，直接到工作现场去了解情况，去传达自己的心意。比如，索尼公司在日本国内最大的研发中心——厚木技术中心（位于日本神奈川县厚木市），我就去过很多次。去一次两次是没用的，所以我每次走的时候都不忘说上一句："过段时间我会再过来。"

我最先要做的事情是让工程师对索尼、对自己的工作充满自豪感。在我眼中，包括厚木技术中心在内的索尼所有研发中心都是卧虎藏龙的"宝库"。但我在现场发现，工程师们多少都带有一些悲观的想法。因为他们怀着各种创意和想法在努力地从事研发工作，可是总感觉"总部的高层领导似乎看不见我们的努力",所以,首先我要让他们被看见,让他们充满自豪感。每次看到他们工作中的成果,我都会毫不掩饰自己的感动,当面赞赏:"这个很了不起!"我当然不是在表演,而是发自内心地佩服他们,觉得他们很了不起。然后,他们便会受到鼓舞,进而开始志得意满,甚至得意扬扬地讲起他们的成果。这时,我便开始寻找他们工作中的"漏洞",心想:"要想办法给你们降降温。"

举个例子,有一次,我去参观索尼工程师开发的一种能在完全黑暗的环境中准确扫描物体外形的高精度传感器。在黑暗环境中,这确实是一种非常厉害的传感器。在工程师进行介绍的过程中,我忽然提了一个问题:"那在大太阳底下,这个传感器的效果如何呢?"工程师一时语塞:"这方面还差点。"这正中了我的下怀。虽然要鼓励他们,但是也不能让他们因此而骄傲。"还差点?"我用半开玩笑的语气接着说道,"不过,现在已经很厉害了。我下次来的时候,希望看到它在明亮的环境中一样厉害,希望你们到时能证明给我看。"我直截了当地表达了我的期待,而且和工程师们约定,下次一定还要向我汇报研发进展。研究开发可没有想象中容易，在规定时间内毫无进展也是常有的事情。不过这也没关系，重要的是我要表达出对他们的期待。同时我要告诉工程师"我一直在关注你们"。我和工程师之间的信任关系，就是这样建立起来的。如果一年中只是例行公事性地来视察一次，不可能有这样的效果。

  我原本不是工程师出身，也没在索尼公司的核心部门——电器部门工作过，要问我在和工程师们交流的过程中，能否理解他们嘴里的术语，我可以坦率地说，很多是我不理解的。当然，为了理解他们的专业术语，我也在努力学习。不过再怎么学习，我也不可能赶上优秀的索尼工程师。但说起对索尼产品和服务的热爱，我可以拍着胸脯保证"我不输给任何人"！孩提时代给我带来惊喜和感动的5英寸电视机，青年时期想买却买不起的收音机"Skysensor ICF-5900"，还有虽然偶尔死机，但我依然很爱用的数码摄像机……在和工程师聊天的时候，我经常会讲这些自己用过的索尼经典机型。从小我就是一个机械迷，对这些机器设备有特殊的感情，尤其是数码相机。可以说，我是数码相机的狂热爱好者。一讲到数码相机，我就会滔滔不绝地说个没完。后来我才知道,在工程师之间流传着一种说法——"大家一定要注意,千万不要和平井先生提数码相机,不然他会讲个没完。"

从我个人的角度来说,我不仅仅嘴上说"自己是索尼的头号粉丝",实际上也是如此。而且,不仅仅是"粉丝",我还要强调自己是"头号粉丝"。我要让员工都了解这一点,我还要让员工知道,吸引我的是索尼闪闪发光的产品和服务,是开发、制造这些产品和提供服务的所有员工。这就是我作为总裁的工作。

在厚木市,索尼公司每年都会举行"夏日祭"活动,公司的员工、员工家属以及附近的居民都会参加,非常热闹。如果我的日程安排允许,我也会去参加。不过在表面上我会显得不那么主动,对主办方说:"你们邀请了我,我才去参加。"在夏日的夜晚,一边喝啤酒,一边和工程师谈天说地,是聊索尼产品和服务的绝佳机会。为了不破坏这种轻松、坦诚的氛围,我会对其他参加活动的管理者说:"你们参加厚木夏日祭的时候,不能穿正装,最起码要穿短裤。"

我职业生涯的起点是音乐行业。在音乐领域,让创作者发光才是一切的开始。现在想来，整个索尼公司中的各项事业，也都是同样的道理。要让产品和服务发光，为此，必须让员工们发光！当然，要发光的不只有电器部门的工程师。在索尼的生命中，销售人员可以被看作"人生规划师"——销售人员在为顾客规划人生的同时，也在为索尼公司规划人生，这是一项艰辛的工作。所以，如果不能让人生规划师发光，那么索尼的人生也不可能发光。

索尼再创辉煌

进入索尼公司，从音乐相关领域转入游戏领域，最后进入公司总部，每次转变，我所面临的都是在危机之中重建索尼。在每一次逆转的过程中，我都会被索尼人身上的力量所感动。当年我在第一代 PlayStation 上玩《山脊赛车》的那份惊喜，至今仍记忆犹新。在厚木技术中心和工程师聊天的过程中我也能感受到他们内心的激情。索尼人带给我的感动，在这里是书写不完的。正因为如此,我也在心中认定,我的工作就是要让索尼人发光!幸运的是,每次转换工作,我都会遇到让我感觉"必须让他(它)更加辉煌"的人或技术。

请再允许我自夸一次,索尼就是一座卧虎藏龙的宝库,而就像卡碟的 CD 机一样反复高喊"KANDO"的我,被索尼蕴藏的能量一次次感动。因此我确信——"这家公司,必定能再创辉煌!"

2018 年,平井一夫在美国拉斯维加斯举办的 CES 大会上发表演讲

3023

5 再痛苦也要进行的改革

卖掉麦迪逊大道 550 号大楼

即使索尼处于低迷状态，员工内心依然蕴藏着"热情的熔岩"。作为索尼的领导者，我一定要将那"热情的熔岩"激发出来，让索尼再创辉煌！

自称"KANDO 传道士"的我，在巡回于世界各地索尼分公司、分支机构的时候，就已经意识到——要想让索尼再次辉煌，有一些痛苦是避免不了的。在就任索尼公司总裁的记者发布会上我说过，要让索尼再次辉煌，"伴随痛苦的改革"是无法避免的。

就任总裁后的第二周，在发布的经营方针里，我提出了出售中小型显示器、化学产品等相关业务，以及削减电视机业务的固定成本等大规模改革措施。这只是个开始，更加根本性的应对措施将在以后不断推出。要想让索尼再次辉煌，

5 再痛苦也要进行的改革

还需要更加彻底、更加猛烈的改革。不过，这样的改革也会让整个索尼公司感受到前所未有的痛苦。

就任总裁之后，我马上决定变卖掉公司的一部分资产，首当其冲的就是位于纽约的索尼美国总部大楼——麦迪逊大道550号大楼。曾经的我，只是CBS索尼唱片里一名小小的股长，被调职到纽约工作时，就在这座大楼里上班。

我听说，很多美国人以为索尼是一家美国公司。某项调查显示，有将近两成的美国人认为索尼是美国企业，而麦迪逊大道550号大楼就是索尼在美国的标志性建筑物，可能在美国的索尼职员心目中，这座大楼就是他们的骄傲，我却决定卖掉它。所以，当我命令索尼美国公司（简称索尼美国）卖掉麦迪逊大道550号大楼的时候，当地公司的管理层发表了强烈的反对意见。我和他们进行了几轮谈判，他们都以"现在卖掉不合时宜"为理由，希望延期讨论出售麦迪逊大道550号大楼的事宜。但我不打算妥协，最终决定推迟到第二年，以11亿美元将麦迪逊大道550号大楼卖出。

逆势突围

决定出售的美国索尼总部——麦迪逊大道 550 号大楼

卖掉索尼美国总部大楼的首要目的当然是减轻财务负担，但从我的角度来看，还有另外一个目的，那就是要向公司内部发出一个强烈的信号："平井总裁开始机构改革了，没有任何一个地方有豁免权。他不会被感情束缚手脚，一旦决定就必须执行。"可以说，麦迪逊大道550号大楼是索尼在美国打造的一个成功象征，放弃这个标志性建筑，就是我在无言地宣誓自己要带领索尼再次走向辉煌的决心！

重建电视机部门

在重建索尼的过程中遇到的一个巨大的难题，就是对连年亏损的电视机部门进行重建。在我就任索尼总裁的时候，电视机部门已经连续8年处于亏损经营的状态。可以说，电视机曾经是索尼公司的招牌产品，如今却变成了"失败索尼"的象征物。在索尼公司总的经营方针中，也只有电视机部门是被我指名道姓地提出"要重建"的部门。不过，关于索尼的电视机部门，改革的大方向我们已经确定，这时候的重点和难点主要是全力重建团队。

我刚就任公司总裁的时候，经常有人问我："要不要把电视机部门卖掉？"我从来没有这个打算，因为我确信，索尼电视机一定能复活！但是为了实现复活，我们必须从根本上改变以前的做法，那便是"从量向质的转变"。我们必须摆脱以往"以追求数量为前提"的经营理念。

索尼公司在2009年11月发布的中期计划中显示，索尼电视机的全世界市场占有率到2012年度要达到20%。根据全世界电视机市场规模推导的话，20%的市场占有率相当于每年要销售4000万台电视机。"4000万"这个数字就像幻影一样纠缠着索尼公司。要知道，这个数字可是当时索尼电视机年实际销量的两倍还多，实现这个目标的难度可想而知。

索尼公司提出这个"4000万台"的构想，和强有力的竞争对手纷纷登场不无关系。在当时的世界市场上，不仅有为人熟知的三星、LG等韩国家电势力攻城拔寨，还有中国家电势力也迅速崛起。在一个家庭中，电视机位于客厅的核心位置，可以说是家用电器中的"王者"。曾经，电视机是索尼公司的门面产品，现在索尼公司为了保住自己电器龙头的地位，才提出了"4000万台"的构想。

可是这样一来，"4000万台"就成了我们追求的唯一目标，成本核算已经屈居次要位置，抢夺市场占有率反而成了最优先事项。那么，在前面等我们的将是和韩国、中国的家电企业之间展开价格竞争。价格竞争本不是索尼公司应该涉足的领域，提出"4000万台"的目标之后，索尼公司就不得不面对来自竞争对手的强大压力。换言之，索尼公司已经把电视机认定为日常消费品，我认为这也是索尼电视机失败的主要原因。

我要重建索尼的电视机部门，首先就要颠覆这个固有认知。实际上，有相同想法的人还不只我一个。2011年，我还是公司副总裁的时候，就开始负责包括电视机在内的整体消费品事业。当时，我把电视机这个难题委托今村昌志和高木一郎解决。这二位在索尼公司中都是我的前辈，选他们负责电视机部门的重建，背后的意义重大，他们二位在索尼公司重整数码相机、数码摄像机的"数码图像部门"的过程中，都展现了相当出色的能力。特别是在数码相机领域，索尼数码相机的成功大家有目共睹。从 2003 年开始，数码相机的市场规模迅速扩大。索尼公司在更早的时候就以"Cyber-shot"作为品牌向市场推出了数码相机。在市场快速扩大的时期，"Cyber-shot"推出了多款系列产品。当时多少有点盲目乱推产品的意味，但这也可以理解，因为索尼公司已经感受到三星公司在数码相机领域的强劲实力。也就是说，和后来的电视机一样，索尼公司早早地把数码相机认定为一种日常消费品。

后来，正是今村昌志和高木一郎二人的组合将索尼公司的数码相机事业扶上了正轨。不仅如此，在他们的带领下，索尼公司还收购了柯尼卡美能达公司的单反相机部门，开始培育"α（阿尔法）"系列数码相机，为日后索尼数码相机走高端路线打下了基础。我想，今村昌志和高木一郎的这段经历对重建索尼电视机部门，应该也大有帮助。

我们做的第一件事就是撤回"4000 万台"的销售目标。我和今村昌志、高木一郎经过多次商谈，最后统一了思想，"我们不能盲目追求销售数量，而应该把着力点放在产品差异化上。"2011年11月,我们宣布把电视机4000万台的销售目标下调为2000万台。当时,还是公司副总裁的我在出席记者招待会时讲过:"我们将以坚定不移的决心,实现电视机部门的盈利!"但说实话,当时索尼公司的积弊很多,我们要处理的问题简直堆积如山,可以说我们再一次站到了起跑线上!

不再追求销售数量,就意味着我们要收缩销售渠道。电视机部门长期陷入亏损经营的一个重要原因,就是海外销售公司的数量已经膨胀到了超出索尼公司实力的程度。当时索尼公司已经陷入不知所措的局面,到底是为了销售电视机而增加销售公司数量,还是为了维持现有销售公司而强压销售指标呢?这个难题搞得索尼公司无所适从。为了斩断恶性循环,我们决定彻底摒弃一味追求销量的路线,于是撤回了"4000万台"销售目标的构想。下一步要做的就是收缩销售公司数量,这也意味着我们将抛弃一部分曾经的合作伙伴。

和预想的一样,强烈的反对之声犹如滔天洪水向我们袭来。

顶住反对的压力

在反对的声音中,让我们压力最大的是来自公司内部的抵抗。几乎所有销售公司都不仅仅销售索尼的电视机,一般还会同时销售数码相机、数码摄像机等其他索尼产品。如果我们削减了电视机这样的家电卖场明星产品的销售量,那会发生什么情况呢?销售公司就像一个批发商,他们把索尼公司的产品批发给沃尔玛、百思买等终端零售商。在家电卖场中,电视机一般会被陈列在"一等位置"。如果缩减电视机的销量,那么索尼品牌的产品在卖场中所获得的销售面积就会减少。因此,这个决定会在索尼公司内部的其他产品部门催生强烈的反对意见。他们抱怨说:"电视机卖得不好,却要连累我们数码相机、数码摄像机的销售面积跟着减少,这是什么道理?"类似的气愤之词不绝于耳,甚至除了对这一决策的反对意见,索尼公司内部还传来了对我个人的批评:"家用电器这门生意,没有销量就没有一切,平井这家伙完全不懂家电生意。"

确实,就家电事业而言,我基本上是个门外汉。但有些问题已经明显到,哪怕是门外汉也只要稍加思考就能明白的程度,比如,索尼公司有一个多年的积弊——"依赖于电视机销售数量的流通模式"。即使不是业内专家,也能看清这一点。也就是说,为了销售其他家电产品,要牺牲电视机产品的利润,并把自己的产品定位为日常消费品,在日常消费品的价格区间内与韩国、中国的家电企业展开价格白刃战。这就是索尼当时深陷的泥沼,最终导致的结果就是无休止的亏损。

可以说,这就是索尼公司内部经营逻辑所造成的结果,现在我们必须斩断这个恶性循环。这并不是我、今村昌志或者高木一郎最先看到的,不管是谁,只要稍加分析就应该能够发现这个问题。电视机部门必须从追求销量的经营思路中解脱出来,为此就不得不削减海外销售公司的数量,这是我们只要稍微思考一下,就能想到的事情。

"什么,让我们削减销售公司数量?还没到那个地步吧,应该还有其他办法吧?"这可能是以前索尼人内心真正的声音。也就是说,大家都不想出解决问题的方法,都想把问题往后拖,没有人想干"得罪人"的工作。

其实我在担任 SCE 总裁的时候，就已经看明白了索尼公司电视机部门的问题。因为当时我在游戏领域，从外部可以更加客观地审视电视机部门，正所谓"当局者迷，旁观者清"。只不过，当我和今村昌志、高木一郎开始负责电视机部门的时候，状况已经严重到不能再拖的程度。连续 8 年的亏损，如果继续置之不理，继续往后拖延，那么索尼职员脑海里即便知道"已经很危险"，看到领导层依然不做任何处理，他们也会觉得"也许问题还不算严重"。这样一来，危机感就无法传达到公司的第一线。所以，经营团队必须得在危机彻底爆发之前采取必要的行动。

另一方面，我坚信"索尼电视机必定会再次崛起"。虽说之前索尼自己把电视机定义为日常消费品，陷入了与韩国、中国家电企业的价格竞争之中，但是只要及时抽身，并推出差异化产品，一定能看到光明的未来。今村昌志将这种差异化表达为"在'画音'上彻底下功夫"！也就是说，让索尼公司的电视机提供明显区别于其他公司产品的高级画质和音质，用我的话说就是为消费者提供一种"KANDO"。具体来讲，就是向电视机的芯片和音响部件大力投入研发经费，因为这两部分部件直接影响用户体验。不过，要让索尼电视机再次给用户带来感动，绝非一朝一夕就能实现的事情。

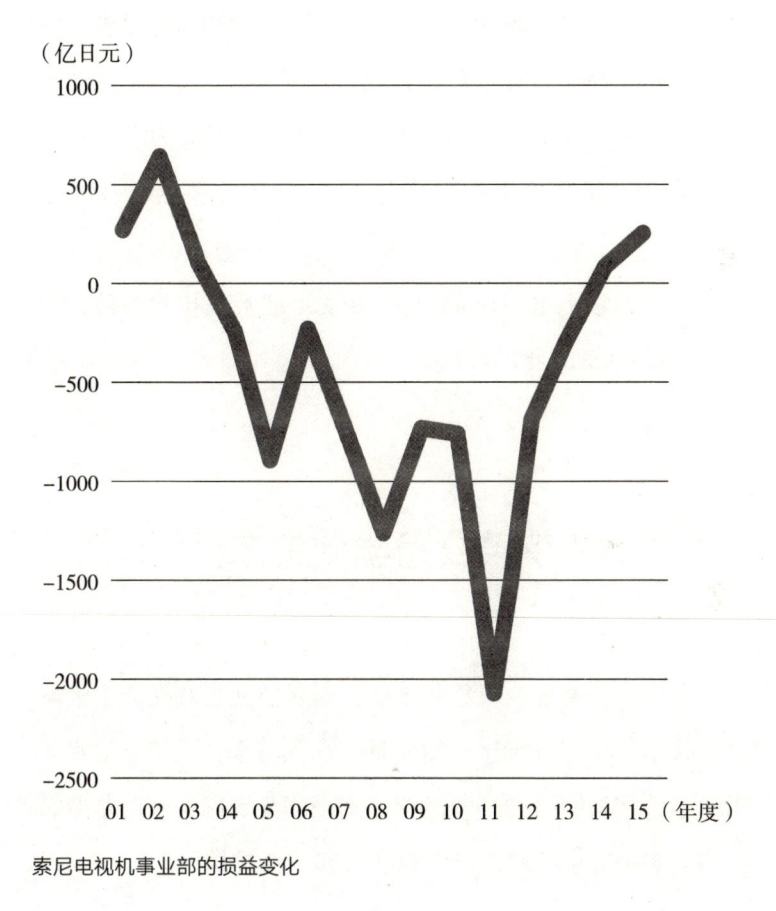

（亿日元）

索尼电视机事业部的损益变化

从 2015 年开始，我们"弃量求质"的方针终于取得了成果，并直接反映到了产品中。那段时间，索尼公司向市场推出了搭载可以实现 4K 画质的"X1"芯片和高清晰度音源的电视机产品。从那以后，索尼公司集中投资了 4K 电视机的研发。尽管如此，要扭转顾客对索尼电视机的印象，让他们觉得"索尼电视机又有起色了"，还需要继续扎实地努力。

终于，索尼电视机部门在 2014 年度实现扭亏为盈，逆转了已经连续 11 年的亏损。

从苹果公司学到的东西

在我就任索尼公司总裁之后，偶尔能在报端见到把索尼公司和苹果公司进行比较的文章。在我看来，虽然索尼和苹果两家公司的经营内容和经营模式是完全不同的，但是两家公司有些地方也的确是可以放在一起做比较的。

5 再痛苦也要进行的改革

苹果公司于 2007 年推出了首款 iPhone 智能手机。2010 年后，智能手机在全世界范围内开始快速普及。当时大家都觉得苹果公司推出了一款新型产品，一下子就改变了世界，而与此相对的，索尼公司在大家眼中则是已经失去锐气的过时企业。可能很少有人知道，曾几何时，索尼还考虑过收购苹果公司。虽然具体细节我不太清楚，但是我知道 1995 年出井伸之先生就任索尼公司总裁的时候，在新闻发布会上透露过收购苹果公司的意向。

在就任总裁之前，出井伸之先生写过一份名为《今后 10 年》的报告。他在报告中构想，如果索尼收购苹果公司，那么索尼主攻音频视频技术，苹果主攻互联网技术。不过，当时索尼公司正在强化发展电影、音乐等娱乐事业，并没有把收购苹果公司的事情当回事。就连出井伸之先生回忆那段时光时也说，收购苹果公司的构想并不是认真的。

索尼公司收购苹果公司的构想始终停留在构想的层面，之所以会产生这个构想，主要是因为当时苹果公司经营混乱、股价低迷，不仅索尼有这个想法，据媒体报道称，佳能、IBM 等公司也有过类似想法。众所周知，苹果公司的低迷始于 1985 年，在那一年，苹果公司的联合创始人史蒂夫·乔布斯被驱逐出公司。而当 1997 年史蒂夫·乔布斯先生回归苹果公司的时候，苹果公司在极短的时间内开启了重生之路。之后苹果公司如何再创辉煌，我想已经不需要在此赘述。苹果公司那段涅槃重生的经历，已经在世界经济史上留下了浓墨重彩的一笔。

在我就任索尼公司总裁的第二年，索尼公司刚开始踏上复兴之路，有位著名的金融记者在美国金融网站发表文章称："也许苹果公司应该收购经营低迷的索尼公司。"可见，这个时候苹果、索尼两家公司的地位已经发生了逆转。

肩负索尼公司经营重任的我，一直认为苹果和索尼是两家完全不同类型的公司，所以对外界的报道不太计较，但也能感受到外界在不停地把索尼公司和苹果公司做比较。我从苹果公司身上确实学到了很重要的东西。在乔布斯先生的领导下，苹果公司起死回生，为社会提供了伟大的产品和服务，并实现了再度辉煌。

苹果公司很幸运，有乔布斯先生这种具有强大人格魅力的领导者。在乔布斯先生被苹果公司驱逐的时期，我在一次会议中遇见过他，他全身散发出来的能量给我留下了深刻的印象。他出席会议的时候身穿 T 恤衫、牛仔裤，戴一副黑框眼镜，看起来很有亲和力的样子。但是，只要他觉得某人说的话或做的事不合自己的心意，就会将锐利的目光投向对方，并毫不留情地发出质问。见到这番场景，我不禁感叹道："看来传说是真的。"

寻求"异见"

史蒂夫·乔布斯先生的信念是"追求卓越的产品和服务"，换作我的表达方式就是追求"KANDO"。也就是说，在某种意义上，我和乔布斯先生的想法是相同的。但是，我和他的经营手法和重建企业的方法，是完全不同的。我不具备乔布斯先生那样强大的人格魅力，而且我一个人什么事也做不了，要想推进索尼公司的重建，我需要建立一个成员彼此绝对信任的团队。这个团队的成员，要有不同的职业背景，他们各有各的强项，而且都是各自领域的专家。只有这样的团队，才能提高索尼公司成功实现重生的概率。

教会我这件事的是安德鲁·豪斯先生和杰克·特莱顿先生，他们是我当初重整SCEA的伙伴。安德鲁·豪斯先生，就是我口中的"安迪"，他在入职索尼公司之前曾在日本的仙台市教英语，他的日语也说得很流畅，他是市场领域的专家。而杰克·特莱顿先生则是营销方面的行家里手。

出身于音乐行业的我，突然转到游戏行业来，这个行业对我来说简直是一个未知的世界。而安德鲁·豪斯先生和杰克·特莱顿先生在游戏行业已经有丰富的实战经验，因此他们的意见对我来说十分重要。举个例子，沃尔玛、玩具反斗城（Toys "R" Us）是美国零售行业巨头，也是我们的大客户，该如何和它们打交道呢？基本上我会询问杰克·特莱顿先生的意见。当时的SCEA处于四分五裂的边缘，作为跨行业而来的经营者，我要想带领这样的SCEA重整旗鼓，必须有能够咨询的人。

我的经营哲学之一就是"不要不懂装懂，不懂就问"。现在想起来，正是和安德鲁·豪斯先生、杰克·特莱顿先生这样不同行业的专家一起工作，才让我形成了"不知道就问"的理念。

"异见"，就是指不同的意见。不管多么优秀的人，都不可能知道一个行业的所有事情。即使是非常精通某个领域的专家，也有"思绪枯竭"的时候。这种情况下，如果有不同意见出现，也许就能激发出新的创意。能够慧眼识珠地找到"提出异见的专家"，并安排在自己身边，是一个优秀领导者必不可少的素养。

为此，我们首先要把自己做好，让周围人觉得"这个领导愿意倾听别人的不同意见"，这样才能和周围人建立起牢固的信任关系。与此同时，领导者要用语言表达"自己会为一切决定承担责任"的决心，最终还要用行动来证明给周围人看。如果做不到这些，不可能收集到有价值的"异见"。以上这些经验，都是我在35岁的时候和安德鲁·豪斯先生、杰克·特莱顿先生共同工作的过程中学到的。

进一步讲，我之所以把"寻求异见"当作自己经营哲学的底层逻辑，还与我小时候几次横渡太平洋的经历有关。不管走到哪里，都有全新的文化等着我，在以前生活的地方所吸取的"建议",在新的土地上已经无法适用。因此,每到一个新地方,我就不得不学习新的见解,即"异见",否则就无法适应新生活。

从孩提时代开始,我就发现只要自己虚心、坦诚地接受异见,眼中的世界就会逐渐开阔、明朗起来,而在反复体验这种变化的经历中,我也切实感受到了自己的成长。在纽约皇后区的莱弗拉克城和隔壁的小孩交上朋友的时候,我有这样的感受;小学4年级时回到日本,被日本老师告诫"这里是日本",而不得不接受日式教育的时候,我也有这样的感受;在能够充分体现多样性的国际基督教大学求学的时候,我依然有这样的感受……寻求异见、吸收异见的经营哲学,是由我以前的人生经历培养出来的思维方式。

索尼公司在多年以前曾经在报纸上刊登了一条题为《招募"出头鸟"!》的招聘启事。那是1969年的事情,也正是我第一次出国生活,在纽约皇后区的莱弗拉克城直面"异见"的时期。那时我还小,并不了解索尼是一家什么样的公司。现在回想起来,我"需求异见"的想法和当年索尼"招募'出头鸟'"的意图,是不谋而合的。我不会介意别人拿

5 再痛苦也要进行的改革

不同的观点与我碰撞，或者甚至可以说我希望有人向我提出异见。我必须找到那些与我的能力、背景不同，又能提出异见的专家，把他们吸收进索尼的经营团队。我心中已经有选定的人，他就是索尼通信网络公司（Sony Communication Network Corporation，简称 So-net）的总裁吉田宪一郎。

1969年，索尼在报纸上刊登了标题为《招募"出头鸟"！》的招聘启事

物色人选

吉田宪一郎先生长我一岁,也早我一年进入索尼公司。他曾常驻索尼美国公司,又曾任职于索尼公司的证券部门和财务部门,在出井伸之先生任索尼公司总裁的时候,他担任总裁办公室主任的要职。和我在索尼公司的经历不同,吉田宪一郎先生一直在索尼公司的中枢部门。

2000年,吉田宪一郎先生主动提出辞去总裁办公室主任的职务,去索尼通信网络公司工作。虽说通信网络公司是索尼的重要子公司之一,但是放弃公司中枢要职去子公司工作,很多人不理解他的这个决定。其后,在2005年,吉田宪一郎先生当上了通信网络公司的总裁。同年,通信网络公司在东京MOTHERS市场上市。[注:东京证券交易所的高增长新兴股票市场(Market of the high-growth and emerging stocks),也被称为日本的"创业板"]也就是说,吉田宪一郎自愿脱离索尼中枢,跃入"支流"——通信网络公司,作为经营者去积累企业经营经验。当时他只有45岁左右,在很多日本人眼中,这样的选择对他来说有些为时过早。

从吉田宪一郎先生的职业履历以及取得的实际成绩也可以看出,他的背景和能力与我完全不同,正是我要找的专家。第一次见到吉田宪一郎先生,是我作为 SCE 总裁并兼任索尼公司主管"网络化产品与服务事业部"的执行副总裁时期。他所领导的通信网络公司是我们事业部的重要合作伙伴。当时我们事业部的管理团队举行工作聚餐时,也会邀请吉田宪一郎先生参加。每次聚餐,吉田宪一郎先生都不会空手而来,在我们举杯之前,他就会把准备的资料抛出来,以《对索尼的一点观察》为题,带来一个简明的问题摘要,而且每次的主题都切合公司当前的实际。

吉田宪一郎先生每一次抛出的问题都让我心中暗自惊讶,惊讶于他对索尼现状的准确把握、严厉批评,惊讶于他提出的对策如此有说服力。一开始,我只是觉得"这个人很热衷于学习和研究",但几次之后我就意识到"这个人不一般"。

而且,这样想的还不只有我一个人。后来我听说,我的前任霍华德·斯金格先生就已经发现了吉田宪一郎先生的才能，曾经三番五次邀请他加入索尼总公司的经营团队，但他一直没有答应，可能是因为他觉得自己作为上市公司的经营者，肩上的责任过于重大。

2012年4月，霍华德·斯金格先生把接力棒交给我，当我成为索尼公司的总裁之后，马上开始着手将通信网络公司完全子公司化。因为通信网络公司是上市公司，索尼公司可以在证券市场收购它的股票，实施要约收购。（注：即TOB，指收购人向被收购的公司发出要求收购的公告，在被收购的上市公司确认后，才能实行的收购行为。要约收购是各国证券市场最主要的收购形式）因为双方都是上市公司，所以在交易彻底完成之前我们必须慎之又慎，因此在那期间，我跟吉田宪一郎先生基本上没有进行沟通。

"不当 Yes Man"

当索尼公司把通信网络公司收购为全资子公司后，我向吉田宪一郎先生发出了邀请，希望他能加入公司的经营团队。我记得当时和他反复谈了很多次。"我希望吉田先生能回归索尼公司，加入经营团队，作为伙伴与我们一起重建索尼！"我把自己的热切期望直接传达给他。他最初的回应是"让我考虑一下"。虽说通信网络公司已经成为索尼的全资子公司，但吉田宪一郎先生作为这家公司的领导者，仍然有他的职责。他是一个责任感极强的人，这一点我很理解，但从我的角度出发，我必须得把这个人"挖"过来。因为我已经认定，在重建索尼的大业中，吉田宪一郎先生绝对是我不可或缺的伙伴！

在争取吉田宪一郎的过程中，他和我进行过一些思想上的碰撞。有一次他对我说："我不当好好先生，我只说自己想说的话，这一点你能接受吗？""我当然能接受，而且我就希望你这样。"我这样回答。

吉田宪一郎先生对财务工作非常熟悉，而且作为通信网络公司的经营者，他已经积累了充分的经营管理经验。他所拥有的能力与我不同，正是我要找的专家。通过思想上的碰撞，我再一次证实——"他是能给我提供异见的人"。于是，我直接表达我的心意："意见也好，异见也罢，我都愿意听。今后我们要做的事情很多，其中包括一些不得不做的痛苦决定。不过，我想在此和你做个约定，那就是我决定的事情，一定会贯彻到底，决不'中途撤梯子'，只能前进，不能后退！"

在我邀请吉田宪一郎先生回归索尼的交流过程中，记得他曾自言自语"我必须向索尼报恩"。尽管他离开索尼公司中枢，帮通信网络公司稳固增长，实现了上市，但他的内心一直认为"索尼不应该是现在这个样子的"。虽然吉田宪一郎先生拒绝了总裁霍华德·斯金格的回归邀约，但是我们都知道他一直心系索尼，从他每次参加聚餐提出的《对索尼的一点观察》就能够看出来。

经过反复多次的沟通交流，我终于赢得了这个得力伙伴。在我就任索尼公司总裁一年之后，即 2013 年 12 月，吉田宪一郎先生终于加入了我们的经营团队。一开始任命他为执行副总裁、首席战略官（CSO）兼助理首席财务官（Depty CFO），但很快他就升任首席财务官（CFO）。其实，他的工作不仅仅局限于公司财务，对于我重建索尼的整体计划，他都发挥了重要作用。

让我备感幸运的是,吉田宪一郎先生加入我们的同时,还带来了他的伙伴十时裕树先生。十时裕树先生和出身于山一证券的石井茂先生都是索尼银行的创业团队成员。以前我和十时裕树先生没有太多交集,但他当时在索尼公司中可是出名的人物。后来,十时裕树先生转入通信网络公司,成为吉田宪一郎先生的左膀右臂。他也是和我背景、能力完全不同的专家。

十时裕树先生不单单是吉田宪一郎先生的"心腹",很早以前我就听说,他在吉田宪一郎先生面前是敢于直言的,也就是说,他也是一个能够提出"异见"的人。

2018年我卸任索尼公司总裁的时候,把接力棒交给了吉田宪一郎先生,而他上任后任命的首席财务官就是十时裕树先生。就像我完全信任吉田宪一郎先生,把公司财务重任交给他一样,他也完全信任十时裕树先生,任命他为首席财务官。吉田宪一郎先生把自己信任的人带进公司经营团队,对我来说是何等幸运的事。

我任命十时裕树先生为高级副总裁,让他负责事业战略、公司发展以及改革的重任。通俗地讲，就是让他担任索尼重建过程中的参谋官。索尼手机部门这个"烫手山芋"，也交由他进行重建。

不同意见的碰撞

索尼公司的经营团队每两周举行一次例会。每次例会，吉田宪一郎先生都会来到我的办公室汇报各项工作及各个项目的进展情况。在这个过程中，我们的意见经常会发生碰撞。

现在回想起来，从结果上说，我和吉田宪一郎先生的意见发生激烈碰撞的情况并不多，但有一次，我们二人的想法完全相反。当时索尼最大的竞争对手是韩国的三星公司。三星公司从2013年开始和美国零售商百思买合作，开创了"店中店（Shop in Shop）"计划。百思买在自己的卖场中专门开辟一块场地只销售三星的产品，不管是场地位置还是产品的展示方式，都比其他厂商的产品要显眼得多，索尼公司要不要学三星做同样的事情呢？

我的意见是"应该做"，而吉田宪一郎先生的意见是"不应该做"。在百思买卖场内开辟专用场地，是需要收取额外费用的。因为不单单是开辟一块"索尼专区"，而是如"店中店"这个名字所描述的那样，在百思买卖场内单独开设一个索尼专卖店。

吉田宪一郎先生认为，从性价比的角度考虑，开设"店中店"存在太多不确定因素。确实，不实际尝试一下的话，我们无法估计"店中店"到底能卖出多少电视机和数码相机，特别是索尼公司正处于重整电视机部门的过程中。当时刚进入2014年，就电视机部门能否实现盈利而言，已经进入了大决战的时期。我的主张是从直觉出发的，准确地说，吉田宪一郎先生的意见才是最安全的。不过最后我坚持了自己的观点。当时美国的家电零售商正处于收缩的时期，Circuit City、CompUSA、RadioShack等电器零售商纷纷破产，西尔斯公司也陷入了经营困境。这就是所谓"亚马逊效应"造成的冲击，它使美国众多大型零售企业进入了寒冬。百思买是少数在"亚马逊效应"的冲击下还能存活的美国零售企业。换句话说,要想在美国卖家电,是绕不开百思买的。即使让外界觉得我们在模仿三星,也要想办法和百思买合作开设"店中店"。否则,会让百思买觉得索尼公司不重视他们。

那个时期正好是索尼公司再次推出"令人感动"的产品的时期。因为在音乐行业的工作经历,"产品就是明星"成了我的口头禅。工程师经过千辛万苦设计生产出高质量产品,作为企业领导者,我必须让这些产品发光发亮,成为消费者心目中的明星。为此,在销售这些产品的时候,柜台的位置、展示的方式、灯光照射的角度等,都必须做到精益求精,而"店中店"正好可以让我们在这些方面有所作为。

在商品的展示场所,我尤其在意的是电器的配线。在普通电器卖场中,各种品牌和种类的电器展示在一起,不仅电器的配线裸露在外面,甚至有的时候好几根纠缠在一起,看起来非常不美观。工程师、设计师挖空心思设计的精美电器,在凌乱的配线中格调被拉低了很多。卖场展厅是我们展示产品的地方,也是给消费者做"样本"的地方,让他们看了之后,就知道"在家里应该这样摆放,应该这样走线",

索尼在百思买里的"店中店"

而凌乱的卖场无疑无法起到这样的"样本"作用。"店中店"正好可以让我们把这些细节做到极致,进一步把"KANDO"的理念传达给消费者。对于索尼来说,自己的产品就像登台表演的明星一样,我们必须做好一切,让它们熠熠生辉。

我感谢吉田宪一郎先生提出异见,但这次我决定坚持自己的想法:即使你反对,我也要这么做!更重要的是,对于后果我郑重声明:"我将承担全部责任!"吉田宪一郎先生优秀的地方还在于他能够以大局为重,虽然他的意见和我对立，但只要我做出决定，他就会义无反顾地支持我。他敢于提出异见，也勇于放弃自己的主张。只要我确定了方向并制订了方案，他就会毫不犹豫地执行，绝不拖延。

寻求异见的心理准备

在做决策的过程中，需要不同意见的相互碰撞。作为一家企业的领导者，我的一个大原则就是制造一种"让不同意见可以自由碰撞"的环境和氛围。为此，我认为领导者需要做好三个心理准备。

第一，领导者要做一个彻底的倾听者。在公司会议中，我尽量不说话或少说话。尤其是会议开头，我一般不发言。一开始，可能有人觉得"平井这家伙果然不懂电器行业，他都不敢说话"，但我并不介意。真遇到我不懂的地方，我会直接提问，没什么不好意思的。

会议之初我尽量不说话，是为了让大家多说话。因为一旦领导者开始讲话，其他人在尊重领导的心理驱使下，难免会沦为听众。当然，一开始如果领导者不发话，有时也会陷入"冷场"的尴尬状态。即便如此，我也不会率先提出自己的主张，因为我的目的是要激发出大家发表自己观点的欲望，为他们营造一个可以畅所欲言的气氛。所以，领导者在必要的时候需要保持沉默。

第二，设定时间期限。我不喜欢得不出结论的会议，但偶尔也会遇到经过充分讨论也无法得出准确结论的时候。这时，我会在本次会议结束时设定下一步工作的时间期限。比如说，"到某月某日之前，必须要上传××数据"。

第三，方向性决策必须出自领导者之口，这也是领导者的职责之一。而且，一旦做出决定，就要毫不动摇地贯彻到底。"最终责任由我承担！"领导者必须有这样的担当。

尤其是在讨论的开始，领导者一定要以明确的语言表达"我来承担责任"。简单地说，一个领导者的作用就是确定方向和承担责任。必须要让部下认识到，"这个领导一旦决定就不会半途而废"。如果部下不能对此感到放心，就不会发表任何异见。

做决策并承担责任的是领导者,但领导团队的所有人都应该达成一种共识——"决定的事情日后就不要再议"。

记得在我即将就任索尼公司总裁的时候,在一次会议上我对经营团队的全体成员说:"我希望大家不要当事后诸葛亮,不要以后某一天说'其实当时我是那样想的'。如果你现在有不同意见,就请现在说出来。"所以,在日后的工作中,吉田宪一郎、十时裕树、今村昌志、高木一郎等团队成员,从没有当过事后诸葛亮。

平井一夫担任索尼总裁期间的"平井团队"成员

卖掉部分业务的苦涩

2014年2月,我们经营团队做了一个"大决策"。因为电器部门长期处于亏损经营的状态,作为补救措施,我们决定出售个人电脑业务,并把电视机业务从索尼公司剥离出去,成立分公司独立运营。伴随这个决定而来的,将是5000人规模的大裁员。

尤其引发各界关注的是"VAIO"个人电脑业务的出售。早前,对于是否继续保留个人电脑业务的问题,经营团队展开了较长时间的讨论。但非常遗憾,我们得出的一致结论是,在当前的情况下个人电脑业务难以为继。我们都知道,决定个人电脑性能的两大要素分别是硬件和操作系统,而索尼个人电脑的硬件和操作系统都是向其他公司采购的,要想像电视机一样开发出具有差异化的产品,是非常困难的。

当然,在讨论的过程中,也出现了各种异见。有人提出,索尼公司可以开发面向专业用户的高性能电脑,不去普通用户的市场进行竞争。但是我和吉田宪一郎先生经过多次讨论，最终还是认为个人电脑如果继续留在索尼公司的业务部门中将会严重拖累整体业绩。

VAIO 在索尼公司的历史上，也算是非常出彩的产品，这一点我充分理解。实际上，索尼公司在 20 世纪 80 年代曾经发售名为"HiTBiT"的个人电脑，但因销售业绩低迷，不久就下市了。进入 20 世纪 90 年代后，随着因特网的推广，个人电脑开始迅速普及，这时索尼公司决定再一次进军个人电脑市场。此时索尼公司进军个人电脑市场，已经处于后手的地位，所以开发的电脑产品必须具备不同于其他产品的特殊要素。于是，索尼公司把自己擅长的音频视频技术和电脑进行了融合，开发出当时超预期的产品"VAIO"。VAIO 是最初的定位"Video Audio Integrated Operation"（影音互动）的缩写。那个时期，个人电脑市场已经处于红海状态，而索尼公司利用自己的强项开发出差异化的电脑产品，VAIO 在很短的时间里就成长为索尼公司的主力产品。

可索尼曾经的招牌产品——VAIO 个人电脑，却被一个"不懂电器的总裁"平井一夫给卖掉了。于是，来自各方的猛烈批评之声杀到了我的面前。甚至有报刊以非常具有冲击性的标题——《灭亡索尼！"苟延残喘的经营"》——刊登了批评我的文章，其中还搜集了很多被索尼公司裁员的员工的证言。

说实话，卖掉部分业务会受到媒体的批评性报道，我们早有预料，因此我内心受到的影响并不大。但是，那年夏天发生的一件事对我有相当大的触动。

我每年都会去厚木市参加厚木技术中心的夏日祭，为的是到现场去和工程师们交流，听听他们的心声。那一年夏天我也去了。

在夏日祭上，当我举起啤酒杯正要和大家干杯的时候，一名员工带着家人来和我打招呼："平井先生，能和您拍张合影吗？我想留个纪念。""当然没问题。"到此为止我都感觉很好，但随后他说道："我是开发电池的工程师，也就是说，我们部门也是您卖掉的对象。"他前后说的两句话，我一时还无法联系起来。一名已经确定被裁员的员工，是怀着什么样的心情来找我拍照留念的呢？当时他和他家人的表情，我至今难以忘怀。

索尼公司是全世界开发锂离子电池的先驱，开发锂离子电池是"技术索尼"的代表性事业。笔记本电脑当然也要使用锂电池,不过,锂电池也随着笔记本电脑一起,沦为日常消费品,受到来自韩国和中国企业的激烈竞争。在这种情况下,如何才能把电池事业中培养出来的人才和积累的技术灵活运用起来?如何才能让电池事业更上一层楼?我们毫无头绪,所以最终我们不得不做出一个艰难的决定,把索尼公司的电池业务卖给了村田制作所。

那位员工的心中曾经也会满怀自豪吧,毕竟他所从事的工作、他所付出的努力,让索尼公司成为世界上第一个实现锂电池商业化的企业。负责 VAIO 业务的员工也是一样,他们是在个人电脑市场已经是一片红海的时候,被索尼公司送上战场的。但凭借他们的努力,创造出了富有索尼风格的差异化电脑产品,并在市场上取得巨大成功,他们心中一定也充满了自豪感。

这些工程师的自豪感,也是我的骄傲,毕竟我也是索尼公司的一员。正因为如此,那位请求合影留念的员工所说的话,才更加刺痛了我。任谁也不想卖掉自家的业务,但是,作为公司总裁,我不做的话就会把问题留给后人。既然我现在是索尼公司的掌舵人，我就绝不允许把问题拖延到以后。

经常有人批评我："平井不懂电器事业，他是个'外来人'，所以他做的决定都很冷酷。"对于这样的误解，我的内心不可能毫无波澜。我时常提醒自己，我所做的每一个决定，都会给索尼公司的员工及其家人造成巨大的影响。可即便如此，当被人当面说"是你把我辞退了"的时候，我的心也会刀割一般地痛。没有经历过裁员的经营者，恐怕无法理解这种痛。

在夏日祭请求和我合影留念的员工，我向他表达了谢意，感谢他对索尼公司做出的贡献，也向他解释了自己做这个决定的前前后后。我知道这样做对他不会有什么实质性的益处，但我必须这样做，因为我认为这是自己作为领导者对员工最基本的尊重。

索尼公司的个人电脑业务最终卖给了私募股权公司"日本产业合作伙伴（Japan Industrial Partners）"。在谈判过程中，我们始终坚持一个前提，那就是收购之后一定要保证员工的待遇不变。其实还有其他一些公司有意向收购索尼的个人电脑业务，但他们都不能保证员工的待遇，所以我们就直接拒绝了他们。可尽管已经做到这个地步，也不能打消那些即将离开索尼公司的员工的顾虑。

　　VAIO 在长野县安昙野市有工厂，被收购后，以这家工厂为基础成立了 VAIO 株式会社，继续经营个人电脑事业。两年之后，VAIO 就实现了盈利，现在依然保持成长态势。当时被我们卖掉，VAIO 受了委屈，如今 VAIO 努力争气的样子，好像是在向我们示威，憋着一股劲儿要证明自己的价值。

　　再次声明，正因为会心痛，我才不能允许自己把艰难的决策留给后人去做。作为索尼公司的总裁，一旦我做出决定，只要判断方向正确，就一定会坚持到底，不辩解，也不抱怨。一个经营者必须要做出成果来，不管在过程中别人说什么，我只管做出成果，这是我作为企业经营者的使命！

与"怀旧"诀别

　　二战刚结束的 1946 年 5 月 7 日，东京通信工业诞生了，它便是索尼公司的前身。当时,东京通信工业在一栋窗户上连玻璃都没有的残破建筑中起家,最初的业务是修理收音机,后来开始尝试制造带有铝电极的电饭锅、电热毯等家用电器。直到1950年,开发出日本第一台国产录音机,东京通信工业才朝着音响器材制造商迈出了第一步。之后索尼公司的成长之路,前文我已经大体介绍过了。

在索尼公司的历史中,出售曾经的主力业务,VAIO是第一个。索尼公司之前的成功,当然是全体索尼公司员工努力的结果,可以说是大家心血的结晶。当初VAIO的成功同样也是前人拼命工作的结果,所以,在我决定卖掉VAIO之后,收到了很多来自股东的"忠告",有书面形式的,也有要求和我当面交涉的。对于面谈的请求,我一概回绝了,而对于书面建议,有些我会浏览一下,其中写的多半是"索尼以前多好""你轻视电器事业的经营方式是行不通的"等等。他们信中说的这些,我认为不过是源于一种"怀旧"情结而已。不乏有人提出要我和我的经营团队辞职的要求,也有股东直接来公司要面见我的,基本上我都拒而不见。下面这句话也许不顺耳,但我认为是事实:正是这种"怀旧"情结,才造成了索尼公司今天的困难局面。

后来，我调整了自己的态度，还是听取了一些股东的意见。我对索尼公司创业期经营者的觉悟和智慧，充满敬畏之心。不过，我的目标是让索尼公司浴火重生，在危机中实现涅槃，这个大方向一点都不会改变。

索尼公司之所以能成为令日本骄傲的跨国大企业，都是前人努力付出的结果，这一点我心怀感激。这份心情没有半分虚假，绝对是我的真心话。但有的时候，曾经的伟大成功，反而会成为未来发展的绊脚石。企业当前的经营方向，理应由当前的经营者来决定。我作为新人刚进入公司的时候，索尼公司的电器事业已经在全世界的舞台上振翅高飞。当时的索尼公司，绝对称得上日本产业界的成功代表。如今时代变了，还把索尼公司看作那个"让Walkman流行全世界的索尼"，已经过时了。我无意否定电器事业给索尼公司带来的巨大成功，实际上，我们现在也是站在巨人的肩膀上，继承了前人为我们积累的财产。我的目标只是在此基础上把令人"KANDO"的产品和服务继续送到顾客面前。我们要继承索尼的优良传统，同时，把需要改变的地方坚定地加以改变。我的职责仅此而已。当然,变革的主角不是我,而是在一线绞尽脑汁、拼命努力的索尼公司员工。我要做的就是为他们指明方向,并承担责任,然后,在花开之前,耐心等待。

5021

6 新的预兆

电影行业的格局变化

如果有人问我："你的座右铭是什么？"我的回答是："Where there is will, there is a way."也就是说，"有志者事竟成"，这是我的信念。看到当下一些外国创业者的经历，我感叹于他们崛起速度之惊人。

我曾经在参加太阳谷峰会（Sun Valley Conference）期间遇到了老朋友——美国网飞（Netflix）公司创始人里德·哈斯廷斯。一天早晨他约我一起散步。我知道当时网飞公司正准备拓展海外市场，里德·哈斯廷斯先生对我说，他们想进军日本市场，想向我征求意见。我给他的建议是："日本的市场很特殊，以我在音乐行业的工作经验来说，日本人非常重视本土内容。你们在日本只推美国电影或美国电视剧的话，恐怕行不通。"我相信，里德·哈斯廷斯先生肯定理解日本市场的这种特殊性,所以他听完我的这番话,深感同意地点了点头。

在那个时间点,网飞公司和索尼公司并没有业务合作,里德·哈斯廷斯先生只是从朋友的角度向我寻求意见,我则坦率地发表了自己的见解。没过几年,索尼影视娱乐公司(Sony Pictures Entertainment Inc,SPE)就成了网飞公司的内容提供商,并帮助网飞公司在2015年进入了日本市场。对于里德·哈斯廷斯先生这一连串的操作,我真是非常佩服,那高效率的执行不禁让我心生感慨。

包括网飞公司在内,亚马逊、Hulu等在网络上提供视频内容的流媒体平台,打破了电影行业的传统格局。当然,从电影公司的角度来看,制作观众喜爱的电影作品,这一点是始终没变的,但另一方面,电影作品作为资产的价值改变了。这意味着,电影行业的商业模式发生了巨大转变。

观众在电影院的大屏幕前享受看电影的乐趣,这个价值是没变的。我就特别喜欢去电影院看电影。记得上小学时,父亲带我去电影院看斯坦利·库布里克导演执导的《2001太空漫游》,当时的那份激动的心情至今回荡在心间。那部电影我看了几十遍。

后来，录像机的出现赋予了电影可以随时"回放"的新价值。再后来，DVD、蓝光开始普及，这使我们在家里也能通过大液晶屏电视机享受电影的临场感。于是，电影产品作为资产的价值提高了。

而现在，已经进入通过网络发布电影资源的时代，通过网络发布电影资源，会带来什么变化呢？毫无疑问，这意味着和DVD、蓝光相关的一系列产品的盈利能力会开始下滑。

索尼电影事业的起点，是在1989年收购美国哥伦比亚电影公司。曾有一段时间，索尼公司庞大的电影资源通过DVD、蓝光的形式获取巨大利润，这甚至成为索尼公司整体收益的重要来源。但是，随着电影行业格局的转变，我们不得不重新审视索尼电影事业的盈利能力。

我们首先对收购哥伦比亚电影公司之初获得的营业权价值进行了重新评估。评估结果显示，我们面临1121亿日元的资产减值。2017年1月底，索尼发表公告称，因为电影业务的减值，财务上增加了一笔巨额损失。当时，长期亏损经营的电器业务刚刚实现扭亏为盈。

"东京就交给你了！"

真是一波未平一波又起！不过，对于那个时期该做什么，我已经有了明确的方向——我要带领索尼公司的电影事业走上网络时代的轨道。

索尼影视娱乐公司拥有强大的内容创作实力，我在思考，该如何让这种实力在网络时代发挥更大的作用呢？我认为，像网飞这样的公司，不是我们的竞争对手，而是合作伙伴。因此，在这个时候我的一项重要工作，就是调整经营团队的体制。我坦率地对吉田宪一郎先生说："我现在必须重整电影事业，所以，未来半年时间我要常驻美国的索尼影视娱乐公司。这段时间，东京这边的工作就交给你了！"

也就是说，作为公司总裁兼 CEO 的我，要去美国洛杉矶专注于索尼影视娱乐公司的重建。我不在日本的时期，索尼公司的实际经营权就暂时交给吉田宪一郎先生了。在外界看来，这可能是一个"大胆而冒险"的决定。总裁不好好守在大本营里，到处乱跑。但我却没有一丝不安，当时吉田宪一郎先生已经加入经营团队 3 年有余，我对他完全信任，职责分工也已明确，我还有什么可担心的呢？

吉田宪一郎先生的回答也干脆利索："你放心，东京就交给我吧！"

于是，我开始常驻美国洛杉矶的卡尔弗城（Culver City），因为索尼影视娱乐公司的总部就在那里。我在洛杉矶西郊的比弗利山庄（Beverly hills）租了一间带家具的公寓，而我的家人住在旧金山的福斯特城。就这样，我平时从比弗利山庄去卡尔弗城上班，周末就到福斯特城陪伴家人，偶尔飞去东京出差。不过最终结束常驻美国，回到东京的时间比我预期的快了很多，这一点我也有点意外。

索尼影视娱乐公司CEO迈克尔·林顿卸任后，曾经在CBS电视台和福克斯电视台积累了相当丰富的工作经验的安东尼·文西奎拉先生接任了CEO一职。

刚看清索尼重建的道路，就遭受超过1000亿日元的减值损失，这无疑是一个沉重的打击。但是，这对索尼适应新时代有重大意义，因为索尼的影视事业盈利方式从销售DVD、蓝光等影视资源，转变为收取会员订阅费的网络平台模式。这种模式的转变对于游戏行业也有很大的意义。

6　新的预兆

在索尼影视娱乐公司的员工大会上欢迎安东尼·文西奎拉加入

索尼的基因

2014年,当我们决定把电视机部门独立为子公司,同时卖掉个人电脑业务的时候,已经开始在全公司推进"从量到质"的转变。2015年2月发布的第二次中期经营计划,就明确地展现了这种态度。与第一次中期经营计划相比,第二次中期经营计划最大的不同就是不再把销售额作为目标。如果把销售额数值作为目标,总会导致一味追求规模的扩大,那样的话,我们不就回到老路上了吗?因此,我们有必要向公司内外表明,我们追求的目标不是经营规模的扩大,而是质量的提高。

于是,我们用ROE(Return on Equity,净资产收益率)取代了销售额指标。股东把资金交给我们,这部分资金就是我们的净资产,我们是否高效率地利用了这部分资产,ROE可以给出清晰的答案。我制定的目标是"3年后让ROE达到10%以上"。为此,我们必须创造出5000亿日元以上的营业利润。

把 ROE 作为经营指标，是吉田宪一郎先生所在团队提出的方案。吉田宪一郎先生熟悉财务工作，很早以前他就主张索尼公司应该更加重视股东。但遗憾的是，当时索尼公司并没有采纳他的意见。

借用吉田宪一郎先生的话："如果索尼公司的经营目标是创造'KANDO'的产品和服务，那么就应该把 ROE 作为经营的指标。"这里有一点非常重要，大家不要误解，我们说要实现"10% 以上的 ROE"，说到底只是一个"经营指标"，并不是目的。索尼公司的最终目标是要创造出能给消费者带来"KANDO"的产品和服务。

其实现实中很多人误解了我们的方针，因此我们也受到了很多批评，比如："你们把 ROE 作为目标，投资者肯定会高兴，但这样能激发企业的创新精神吗？"

对此我们的回应是，ROE 只不过是一个指标，用吉田宪一郎先生的话说，"ROE 只是显示索尼经营规律的一项数值"。至少可以说，一味扩大经营规模，是无法实现这一指标的。ROE 显示的是我们的经营效率。如果不能把这种思想渗透到企业的方方面面，难免会走上单纯追求销售额和销售数量的老路，那样就本末倒置了。

  读者朋友可能已经注意到了，在本书中我多次提到索尼前身东京通信工业在创立之初时起草的《设立东京通信工业的宗旨书》。该《宗旨书》中，在公司设立目的的第一项，写明要"建设愉快的理想工厂"，这一点在前面我已经多次提及。其实，《宗旨书》中关于"经营方针"的第一项中还明确写道"不一味追求扩大规模"。由此可见，"不重数量重质量"是索尼公司创立之初便刻在基因中的理念。现在，我们只是再现了这个理念。不知何时，索尼公司在发展的道路上忘记了"不一味追求扩大规模"的精神，从而陷入了空前的危机。为了战胜危机，我们意识到创业者思想的前瞻性，我们必须把索尼公司带回到"追求质量"的道路上。

将各业务部独立成子公司

  我的目标不仅仅是将整个索尼公司带回到正确的轨道

上，还要让各业务部的透明度都得到提高。为此我提出的方针是将公司的各业务部都独立出来，分别成立相应的子公司。前面讲过，电视机部门已经独立成了子公司，我要在整个公司推广电视机部门的模式。电视机部门专心做电视机，影音部门就专心做影音……分别成立子公司可以为各个部门减负。

对于"分家"成立的各个子公司，我们还为它们量身设定了 ROIC（资本回报率，Return on Invested Capital）指标值，通过这个指标可以清晰地判断各个子公司是否能够高效地利用资本。之所以要将各业务部独立出来，其中一个重要原因就是各业务部的 ROIC 目标值差异较大。换一种说法就是，公司不能一刀切，不能不管各项事业的自身特点，而追求统一的销售额和利润。

做出这个判断的背景是索尼公司的经营范围太广，不同业务部所处的状况也不尽相同。于是，我们将所有业务部分成三个领域来分析：

第一类属于"成长牵引领域"，顾名思义，就是牵引整个索尼公司成长的事业。比如，电子设备、游戏、电影、音乐等就属于这一类事业。我们将在成长牵引领域积极投资，把它们当作发展的重点。

第二类属于"稳定收益领域"，比如数码相机、影音事业等。从市场整体来看，这些事业的成长空间已经不大，但我们要以追求"KANDO"的高品质产品和服务为宗旨，不让索尼的产品沦为日常消费品。因此，这一领域的事业是与其他企业进行差异化竞争的事业。

第三类属于"部门变动风控领域"。这个名称稍微有点难懂，简单地讲，就是和"稳定收益领域"相比，价格竞争更加激烈的领域。我们要控制向该领域的事业投资，但要保证一定的利润。电视机部门和手机部门就属于这个领域。曾经的索尼，是"电器部门的索尼"，而电视机又是电器部门的门面产品，可如今时移世易，非常遗憾，我们不得不控制对电视机部门的投资。

将各业务部门分别设立成子公司后，我们给每个子公司制定了相应的财务目标。分家之后，各子公司都独自承担起经营责任，并可以按照自己的目标运用灵活的经营手段，从而实现成长。换言之，索尼公司总部只保留了经营部门、策划部门及部分管理部门和研发部门。

这是吉田宪一郎先生提出的主张,我们追求"小总部"结构。在索尼公司将各业务部门设为子公司的 3 年之后,我在提名委员会上推荐吉田宪一郎先生作为我的接班人。每当我预备在索尼公司实施重大改革的时候,我都会和吉田宪一郎先生进行激烈而充分的讨论,他提出的一些意见和异见,对索尼的帮助很大。我们俩就好比参加"二人三足"赛跑的同伴。所以,在我看来,以后能接替我担任索尼公司总裁兼 CEO 的人,只有他一个。

未完成的移动通信改革

"追求 KANDO""伴随痛苦的改革""改求量为求质",这些都是我们在重建索尼过程中的关键词。但回顾索尼复兴的过程会发现,也并不是所有事情都能按照我们的计划顺利进行。

经营改革永远没有终点，我要托付给下一代领导者继续改革的事业有很多，其中之一就是移动通信，通俗地讲就是手机部门。前面讲过，我们将索尼的手机事业归类到"部门变动风控领域"，严格控制了对手机部门的投资。但当初，在2012年就任索尼总裁的第二周，我发表的经营方针中，曾把手机部门定位为"应该强化的核心部门"。当时，我们的目标是让索尼手机的市场占有率挤入世界第三位，前两位不用说大家也知道，是三星手机和苹果手机。所以，我们手机事业制定的销售额目标为18000亿日元。索尼拥有先进的数字影像技术，在音乐、游戏方面也有强大的内容创作能力，我们希望将这些资源都融入手机事业中，以实现"一个索尼"的战略。

曾经，索尼和瑞典的爱立信公司合作，在传统功能手机时代，索尼爱立信手机的存在感还是相当强的。但是，随着智能手机的迅速普及，功能手机已经失去了生命力，索尼爱立信手机也不例外，迅速失去了市场份额。

2015年2月，我们将手机事业归入"部门变动风控领域"。在3个月之前，我将重建索尼手机事业的重任交给了十时裕树先生。十时裕树先生是和吉田宪一郎先生一起从索尼通信网络公司回归索尼总部的。我对十时裕树先生提出的要求是，至少要让手机事业不再亏损，争取实现盈利。

十时裕树先生依托索尼的技术基础，积极推进手机走高端化路线。因为当时中国手机品牌小米和华为的崛起，将智能手机的价格压得很低，使智能手机成了日常消费品，十时裕树先生为了追求差别化，坚持走高端手机路线。举例来说，索尼在 2016 年发布"Xperia"手机，这款手机的相机搭载了预先判断被摄物体动态的功能，可以自动将焦距动态对准被摄物体。此外，这款手机还提供了高端耳机、投影功能等全新的体验。

可尽管如此，还是难以打出明确的"差异化"，索尼"Xperia"手机上市后，依然处于苦苦挣扎的境地。所以，经常有财经分析师和媒体问我们"索尼会不会卖掉手机业务"或者"索尼会退出手机市场吗"。

当时，我们根本看不见提升手机市场份额的希望，但我们却依然坚持保留手机项目，这是为什么呢？因为我们判断，一旦退出手机市场，日后要想再次杀入这个领域恐怕基本没有可能了。我经常会打一个比方说:"也许有一天,我们可以通过心电感应和地球背面的人进行交流(不知道那一天会不会到来)。但在那一天到来之前,我们肯定会使用某种工具进行交流,而且,人与人之间的交流是永远不会停止的。这样一想,短时间内手机业务都将是一项普遍存在的生意。"

人们进行交流的工具,可不仅限于智能手机。10年后或20年后,可能会出现全新形式的交流媒介,但不管它是什么样的,终归还是一种交流工具。索尼拥有开发交流工具的技术、资产和经验,就现在而言,就是索尼的手机项目。虽然索尼手机项目的现状惨淡,但是我们真的要放弃它的技术、资产和经验吗?普遍存在的生意,换言之就是"大生意",退出这项大生意,真的对索尼有好处吗?

回顾历史我们可以发现,手机市场的商业模式会在某个时间点骤然发生剧变,每次剧变都会产生新的行业领军者。大家可以回忆一下,初期的手机市场由摩托罗拉、诺基亚和爱立信三家公司支配。20世纪90年代末,日本诞生了i-mode(注:日本电报电话公司移动通信公司推出的一项无线互联网服务），从而使手机具备了移动上网的数据通信功能。但是，2007年随着苹果公司推出智能手机 iPhone，手机行业的势力版图被迅速改写。毫不夸张地说，苹果公司的史蒂夫·乔布斯先生"重新发明了手机"。

那么接下来会有什么形式的"手机"出现呢？移动通信的商业模式又会变成什么样呢？说实话，现在我还看不清未来的样子，甚至连一丝线索也捕捉不到。不过我认为，只要一直待在这个行业中，一直伸出"天线"敏锐地捕捉行业信息，就有可能提前嗅到变革的气息。只有这样，才有可能在下一次变革中成为领军者。如果现在退出了，那么就永远不可能再次站到行业的前沿了。读者觉得这个机会值得我们去守望、去等待吗？我认为，当前索尼手机项目的市场份额不断萎缩，而且持续亏损，如果只看眼前的状态，可能很多人觉得应该果断放弃，但是，为了手机项目的再次崛起，值得我们坚持！

培育"下一个萌芽"的重要性

我接过索尼公司领导权的时候，索尼已经连续 4 年处于亏损状态。在人们的印象中，索尼公司是"电器部门的索尼"。可是，电视机作为电器部门的招牌产品，所属业务部门已经连续 8 年亏损。因此，作为索尼公司的最高领导者，摆在我面前的最大任务就是复兴索尼，让这个失去霸气的巨兽起死回生，再次创造辉煌。

得益于以吉田宪一郎先生为首的管理团队，在与他们提出的异见的碰撞之下，我逐渐看清了前行的方向。从 2015 年度开始，索尼终于再次实现了盈利。但是，要重建企业的事业，并不止于痛苦的改革，也不能看到眼前的盈利就认为成功了，"留给下一代一个更好的索尼"是我们经营团队统一的信念。

能够保证索尼公司长期成长的要素有技术资产、品牌价值、顾客的信任、优秀人才以及持续培育长期成长要素的企业文化。我们经营团队最主要的工作就是把这些要素继承下来、发扬光大并且留给下一代经营团队。现在播下种子，悉心培育，让它萌芽并耐心等待日后开出美丽的花朵，才是真正对索尼的复兴。

我最希望告诉索尼公司员工的是"建设一家能给顾客带来感动的企业是我们的目标"。新闻大肆报道索尼公司卖掉部分业务、大量裁员，而这些痛苦的改革措施，只是复兴索尼的手段。在复兴索尼最困难的时期，我们既要在设备上投资，又要保持一定的研发费用。为了提供能给顾客带来感动的商品和服务，相应的设备投资和研发费用是少不了的。当索尼公司再次成为一家能够提供"KANDO"商品和服务的企业，并能源源不断带来利润的时候，我们的重建工作也就告一段落了。

为了培育索尼的未来事业我做了很多努力，后面将主要向大家介绍其中三项。

TS 业务准备室

2012年6月,我就任索尼公司总裁不久,参加了由研发负责人铃木智行在厚木技术中心举办的"研发开放日"活动。活动上展出了很多尚未商业化的新技术、新创意,而且由研发的工程师亲自负责介绍。在充满活力的展会现场,我看到了很多前所未见的新技术样品。对我来说这里就是一座宝库,其中一项展品——4K超短焦投影仪——吸引了我的目光。

看到我对这款样品感兴趣,开发它的工程师兴奋地开始了滔滔不绝的介绍。一般来说,现有的投影仪为了投出很大的画面,需要将投影仪安装在距离墙壁较远的天花板上,而这款超短焦投影仪可以放置在距离墙壁很近的地方,以几乎垂直的角度在墙壁上投射出很大的图像,并且能够很好地修正投影的扭曲,使投影的画面看起来是一个非常标准的长方形。我问工程师:"现在我们看到的画面有多大?"得到的答案是"大约100英寸的4K画质"。在工程师充满自豪的解说之后,他的领导铃木智行先生补充道:"怎么样?很厉害吧!真想把它做成商品推向市场。"这话也让我跃跃欲试,因为这真是一项令人眼前一亮的技术!

当时,还没有一个合适的机会将这种冒险性商品推向市场,但我认为,敢于创造出如此领先的产品,正是索尼的长处。几个月后,我再次来到厚木技术中心,去看这款超短焦投影仪的最新改进款,可最后非常遗憾,没有一个业务部愿意把这款产品商品化。既然这样,我心想,作为总裁必须亲自行动起来,我要亲自把它变成商品推向市场。

于是,为我服务的总裁办公室成了牵头人,通过办公室数月的准备,召集了足够的人才,收集了将新技术商品化的方案,成立了一个"TS业务准备室"。TS业务准备室独立于其他任何事业部,它的任务是寻找那些不在传统商品范围内、具有冒险性的产品,并把它们研发成商品推向市场,它不隶属于任何现有的组织,而是由总裁直接领导,因为我认为如果不是总裁直辖,具有冒险性的新技术就难以商品化。TS业务准备室的室长由相机业务出身的手代木英彦先生担任,当时他是索尼泰国工厂的负责人,确定人选后我立即调他回东京。初创成员都是从整个公司召集而来的各个方面的精锐力量,他们有着不同的工作背景。

TS业务准备室成立之后,他们研发的项目就是我直管的项目,每个月我都会亲自参加他们的会议,听取项目进度。我尊重每位成员的创造性,基本上不会把自己的意见强加给他们,我始终做一个强有力的后盾,从背后支持他们的工作。接近当年年底的时候,TS业务准备室提出一个名为"生活空间用户体验(Life Space UX)"的理念。具体就是,我们提供的商品能以一种非常时尚的形式融入顾客的生活空间(Life Space)。我们提供给顾客的不是一个冷冰冰的硬件设备,顾客可以通过这个硬件获得丰富的用户体验(User Experience)。

4K超短焦投影仪是我决心创设TS业务准备室的诱因,这款产品遵循"生活空间用户体验"的理念,不仅投影技术高超,在外形设计和体积上也下足了功夫。关闭电源之后,这个纯白色的投影仪就和周围家具融为一体,淡雅的风格让它隐藏了作为实力派的存在感。

6　新的预兆

只需放在墙边，就能在客厅墙壁上投射出最大 147 英寸影像的超短焦 4K 投影仪 LSPX-W1S（2015 年）

通过震动有机玻璃管，让房间内充满具有穿透性音色的玻璃管音响 LSPX-S1（2016 年）

使用超短焦镜头，不额外占据空间的情况下，可在墙壁或桌面等地方投射影像的便携式超短焦投影仪 LSPX-P1（2016 年）

　　接近 2013 年底的一天，我心想，既然产品已经做到接近完美的程度，不如我们把它发表出来看看社会的反响。于是我和手代木英彦等人商量，把"生活空间用户体验"的理念和 4K 超短焦投影仪在消费电子展上发布。恰好，我被邀请在 2014 年 1 月美国拉斯维加斯举行的消费电子展上进行重要演讲。尽管消费电子展召开的时间已经近在眼前，我还

6 新的预兆

是决定"马上执行",让索尼把新理念和新产品通过消费电子展的舞台展示给全世界。

随后,TS业务准备室的成员以惊人的速度做好准备,在2014年新年之初把索尼的新理念和新产品带到了拉斯维加斯。在消费电子展的展场中,索尼展区被设计成家庭客厅的样子,结果,索尼的"生活空间用户体验"理念在消费电子展上赢得一片好评。

当时,索尼公司正处于痛苦的改革之初,可谓内忧外患、逆风前行。从收益层面看,也许这些创新产品的收益对于巨大的索尼公司来说,只是微不足道的小收入,但在顾客层面可以重塑良好的索尼产品形象,对索尼公司员工来说则更有意义,可以让员工"重拾自信,敢于承担风险,敢于发起新的挑战"!

虽然TS业务准备室在后续发展中被解散,玻璃音响"雅晶音管"等新产品被移交到相关业务部加以商品化,但是有了这段工作经历的TS业务准备室成员,后来都成长为索尼公司各个部门的栋梁。在这里给大家透露一个从未向外界发布的信息!手代木英彦先生当初提出的"TS业务准备室"的提案中，"TS"其实是"The Sony"的隐喻。

加速培育种子

就在 TS 业务准备室成立不久之后，也正是我痛苦地决定卖掉个人电脑业务并把电视机部门独立成子公司，很多人批评我"这个不懂电器行业的家伙，要把索尼解体"的那个阶段，索尼的另一项全新的项目计划启动了。这个新项目叫作"种子加速计划（Seed Acceleration Program，简称 SAP）"，它的目标是在索尼公司内部发掘沉睡的新业务的种子，并加速将其孵化为可以实行的事业。后来，该计划改名为"索尼创新加速计划（Sony Start-up Acceleration Program，简称 SSAP）"。

"我想到一个全新的创意。"

"我想把任何人都没见过的新产品展现给世人。"

"我想让大家知道我的新点子。"

这就是索尼公司员工隐藏的雄心，他们能创造出无数的新产品和新服务，我想这就是索尼的基因吧。

著名的 PlayStation 游戏业务，就是由半导体工程师出身的久夛良木健先生与音乐行业出身的丸山茂雄先生联手打造的，而且游戏事业在不知不觉之间就成了索尼公司的核心事业，那种酣畅淋漓的过程，真的令人难忘。这种自下而上的创新精神，植根于索尼的内核。我一度认为，这种基因已经不存在于索尼公司之中了，但后来我发现自己错了。

我一直有一个习惯，就是为了听取一线工作人员的心声，定期和一线员工举行午餐会。前面我多次讲过，要想把握一个企业的现状，到一线去聆听员工的声音，是最直接有效的方法。和我一起参加午餐会的员工来自各个部门，年龄也不尽相同，但 30～40 岁的中坚员工居多。每次午餐会的话题我都不会提前设定，因为我想听到员工们坦诚的声音。话虽如此，站在员工的角度来说，和总裁一起吃饭聊天，还是有很大压力的，哪敢随口乱说。于是，一般我会先想办法破冰。

"最近，大家有什么烦恼吗？"这是我经常抛出的开场问题。有人回答之后，大家就会慢慢放松下来，发言的人也会逐渐增多。和员工们开午餐会，我尽量做一个倾听者，不多发表观点，目的就是引出他们的心声和异见。结果，我发现员工对索尼表达了很多不满。

"当初我是怀揣梦想进入索尼的，但现在公司却一直处于亏损状态。即使我说我想开发全新的产品，我想做那项创新工作，也会被领导批评：'现在不是说这些的时候！'"

"我的头脑里有开发新产品的创意，我自己觉得还不错，但公司里没有人愿意听我说这些。"

"我想挑战新的开发工作，可是不知该向谁表达我的想法。"

我每次参加午餐会都会听到类似的烦恼和抱怨。我一直认为，索尼公司的员工心里蕴藏着"热情的熔岩"，这种不满正是"熔岩"受到压抑的表现。我无数次亲眼见过、亲耳听过、亲身体验过，员工想挑战新事物的强烈热情。自下而上的创新基因，在索尼绝对没有消失。只不过，在当前整体不景气的情况下，这种热情被阴影所笼罩，受到了严重的压抑，甚至让我误以为它们消失了。

员工们有热情、有欲望、有创意是一件非常好的事情，但与此同时我也感受到了公司内部状况的恶劣。因为对于这些充满热情的员工来说，索尼已经变成了一个令他们窒息的地方，他们对现在的索尼感到失望至极。不赶快改变这种状况的话，这些员工迟早要离开索尼。

我觉得必须得做点什么，改变这糟糕的现状，让员工用内心蕴藏的"热情熔岩"为索尼发光发热。就在这时，有人通过总裁办公室向我提出了一个"自下而上"的提案。这个提案希望成立一个新的组织，在全公司内部收集开创新业务的创意，选拔其中优秀的想法，支持其付诸实施。看到这个提案后我非常兴奋，马上邀请提案者来向我进行当面说明。

这个提案者名叫小田岛伸至，当时是索尼总公司事业战略部的一名职员，只有30多岁，是该部门最年轻的职员。如今，他已经成为"种子加速计划"的负责人，也在索尼公司里成了"名人"。

总裁也要参与

在听小田岛伸至先生讲完他"加速培育种子"的提案之后，我深表认同，觉得这正是索尼公司当下要做的事情。于是我对他说："你觉得怎样才能将这个计划付诸实施？给你3个月时间研究，并制订可执行的方案。"随后，小田岛伸至先生做的第一件事就是在公司内部广泛收集意见，这跟我和一线员工开午餐会是一样的道理：必须先广开言路，收集信息。一天的工作结束后，小田岛伸至先生会召集一些年轻员工讨论公司里对创新存在哪些障碍。他们经常讨论到深夜，最终总结出数百条公司里难以开创新事业的理由。

小田岛伸至先生第二次来向我汇报工作，我就把他调入我直接管理的职位，并告诉他不仅要在公司内部收集创意，甚至还要多和公司外的创业者交流，并敦促他制订加速支持创新的具体方案。就这样，种子加速计划诞生了。后来小田岛伸至先生也说，这个项目一定要总裁直接管理，对此我深表认同，这背后有索尼公司特有的原因。

在此之前，索尼公司在总裁的亲自指示下启动了的新项目，大部分都是用不了半年，大家就已经记不起来了。也就是说，虽然高层亲自做出指示，但后续并不会亲自参与，而高层指定的负责人，在公司内没有足够的发言权，处处碰壁，时间一长他自己都会觉得"这是上司交给我的工作"，而失去了主动性，新项目也会渐渐地不了了之。这样的事情，以前在索尼公司内不知发生过多少次。

　　每一个新项目都背负着员工内心的"热情熔岩"，如果每次都不了了之，会对员工的积极性造成多大的伤害啊！所以我决心不能让类似的事情再次发生。如果我把新项目置于总裁直辖的位置，并向全公司展现出一副我亲自参与的姿态，相信我能够打开员工内心已经关闭的大门。只要让大家觉得"平井总裁都这么卖力地推进这个项目"，就一定能上下齐心行动起来。

　　在启动一个新项目时，领导者绝对不能对部下说："剩下的就交给你了。"这种"甩手掌柜"的行为，会让部下跟着模仿，把工作甩给他的部下。当皮球被一层一层往下一级踢，项目通常就会在不知不觉间消失于无形了。越庞大的组织越容易出现这样的问题。像索尼这样的超级大公司，如果作为总裁的我不亲自参与，新业务是很难推进下去的。

在实际孵化种子的过程中，尤其是新业务的对象是硬件，即要制造某种实体商品的时候，我必须亲自参与原型机的制作过程。不过，试制原型机的批次应该尽量控制到最少。因为如果让年轻的部下去研究所或工厂，寻找生产人员试制新产品，对方往往会面露难色地说："这么忙的时候你让我做这些……"结果，试制新产品原型机的工作就被无限期拖延，新项目也就此停滞不前。这也正是很多大企业难以推进新产品研发的原因。但是，如果我亲自出马，寻找生产负责人试制新产品，事情就简单多了。也许有人觉得我这样做属于越级下达命令，会批评我这个总裁当得太任性了，实际上，对于大企业来说，高层直接推动项目的开展非常重要。

因此，索尼总部一楼开设了一个"SAP 创新工作室"。我一有时间就会去那里露个面，这样做也是想向员工传达一种我在亲自参与创新项目的信息，让他们觉得"原来平井总裁如此重视这个项目"。

在SAP创新工作室中，有制作创新样品所需的3D打印机、激光切割机等设备，大家都可以看见这个工作室的同事到底在制作什么东西。虽说我去SAP创新工作室，是想向全体员工展现出一种姿态，但是另一方面，看着同事们认真开发新产品的样子，和他们漫无边际地畅谈的时候，确实也是我最快乐的时光。

在索尼这种大企业中，要想让创新项目顺利运转起来，其实是需要很大热情的。我了解小田岛伸至先生内心充满的热情，我需要为他搭建一套机制，让他的热情能够感染索尼的每一个人。一旦我决定要做的事情，就绝不会让它半途而废。为了回应小田岛伸至先生的热情，也为了让他提出的"自下而上地创新"这个计划走向成功，我把吉田宪一郎先生也拉了进来，同时，我还请十时裕树先生兼任这个工作室的顾问。在通信网络公司，十时裕树先生参与孵化了多个风险企业，同时他还是索尼银行的初创成员。应该说，他是最懂得在公司内部创建新业务的人。SAP是创造新产品、新服务的内部机构，我想，嗅觉敏锐的十时裕树先生应该会对它很感兴趣。

另一个目的

  负责孵化新业务的工作，多少有些得罪人。因为当判断某个新创意"不可能商品化"的时候，就必须得明确地拒绝。向积极开发新产品的同事泼一盆冷水，确实有点冷酷无情，但不能商品化的项目，是没有继续研发的必要的。所以，我认为孵化工作的负责人责任非常重大。

  在不断出现的新创意中，有很多是无法商品化的，背后的理由也非常明确，要么是没有市场，要么是技术过度超前，抑或是没有足够的资金启动项目……理由多种多样。对于这样的提案，不可行的话就必须明确提出，并及时停止。否则，提案的人会继续花时间、资金和精力去研发一个没有前途的产品，那就太浪费了。

  对于不可行的提案马上叫停，并在总结经验教训的基础上，继续挑战新的创意。只有这样，才能逐渐找到通向成功的线索。一开始我们就应该做好心理准备，开创新业务本身就会伴随一次又一次的失败，关键在于我们要能及早发现失败，并及时停下来，然后在此基础上改良方案，继续挑战。

6　新的预兆

在一次又一次的试错、修正、再次挑战的过程中，成功可能就在前面等我们。这个过程中的失败，实际上我认为不应该被称为"失败"，准确地说是在不断找到行不通的路，从而避开它们，走上"行得通"的路。

2014年施行的种子加速计划，在经过反复的试错、修正和再次挑战后，创造了不少有价值的产品，其中可以以商品或服务的形式提供给顾客的项目，到2021年3月底已经有17项。具有代表性的有对学习编程大有帮助的物联网积木"MESH智慧积木"、智能手表带"wena"等。这些都是索尼研发人员内心的"热情熔岩"喷发出来的结果。

说到这里我要提一句，我还给小田岛伸至先生留了一项额外的作业："SAP不仅要创造新业务，还要把这个模式打造成商品，推销给其他企业。"我认为，世界上有太多企业和曾经的索尼公司一样，面临痛苦的改革，作为企业经营者，要学会引导年轻员工把视线放在"前方"。我在演讲或接受采访的时候，时常会带上小田岛伸至先生，希望借助这样的提携帮他实现更快的成长，我也坚信他日后必定能成长为索尼公司的栋梁之材。

逆势突围

以通过编程实现使用者想法的 MESH 智慧积木

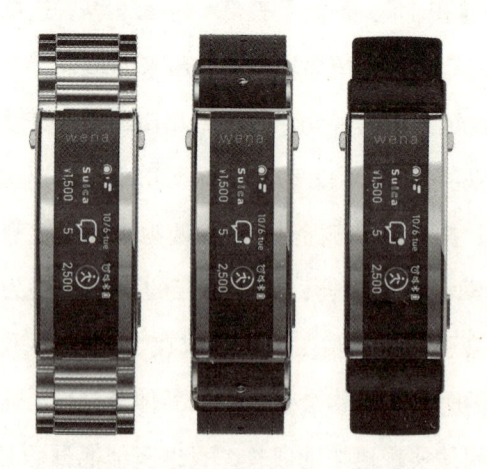

表盘与普通手表一样，但是在表带上加入了智能功能的智能手表带 wena（图片为 wena 3）

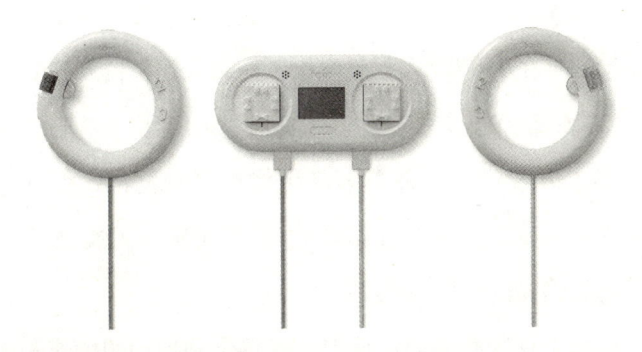

能够激发孩子创意的全新机器人玩具 toio

aibo 机器人"复活"

在索尼公司总裁任期的后半段,我的主要工作是为索尼公司未来的发展方向制订中长期经营计划。为此,我需要找到索尼公司以后应该重点发展的业务领域。在这个阶段,总部的经营团队围绕这几个主题展开了讨论,最后认为应该在"AI·机器人领域"重点发力,并组建了实行团队。

我们的"AI 机器人业务团队"将索尼曾经的高光产品

——犬型机器人"aibo（机器狗）"复活了。提到索尼公司的机器狗，早在1999年索尼就发售了一款犬型机器人"AIBO"，但在2006年停止了销售。10年后的2016年，索尼决定重启机器人开发事业，并在第二年将机器狗复活，但这次将"AIBO"小写，命名为"aibo"。这件事被各大媒体争相报道，成为当时的热门话题。

在和工程师聊天的过程中，我感受到他们想创作一些有趣的智能产品的热情。但说实话，在第一眼看到他们制作的原型机时，我不禁怀疑"这东西能够商品化的概率在50%以下吧"。

其他高层的意见就更加严苛了。

"机器狗已经停售多年了，再次上市的话，以前买过AIBO的顾客会感觉很奇怪吧？"

"为什么现在要做这个东西？"

"虽说现在索尼的业绩有所提升，但是也不能掉以轻心，这个时候研发经费可不能随便浪费。"

我非常欢迎听到异见，不过这些都并不能称为"异见"，因为我本人也对复活机器狗这件事没什么信心。但是，当看到经营团队中高木一郎先生的反应时，我又感觉"这东西说不定能成"。高木一郎先生和今村昌志先生搭档，曾经在重建索尼数码相机业务的过程中发挥了重要作用。我就任索尼总裁期间，公司最大的经营课题是让电视机部门扭亏为盈，而帮我解决这个问题的人也正是高木一郎先生。在索尼公司内部，他是公认的"经营专家"。

索尼公司会定期举行总裁会，简称"P会"，与会者都是经营团队的成员。记得在一次"P会"上，讨论过几个议题之后，主持人说："下面向大家展示 aibo 的样机。"听到这话，高木一郎先生怀疑地说："什么，又开始做那个东西了？"

但是，当 aibo 样机动起来的那一瞬间，与会的全体人员都瞪大了眼睛，并发出了兴奋的光芒，纷纷说："不错嘛，这个小机器狗！"那一瞬间，让我感觉这个机器狗具有瞬间吸引眼球的力量。尤其是高木一郎先生，他的态度与之前的怀疑产生了180度的转变，对 aibo 给出了极高的评价。当然，他也是索尼的人，评价不一定客观，但作为经营专家，我想他的肯定还是相当有说服力的。

率领 aibo 开发团队的是工程师川西泉，我和他是老朋友了。1995 年，我刚开始在 SCEA 工作的时候，他从索尼总公司调到了东京的 SCE。PlayStation2、PlayStation3、PSP 项目他都参与了开发。后来，他对索尼的移动通信业务也做出了很大的贡献。

正式重启 aibo 的开发工作是在 2016 年的夏天。将研发成功的 aibo 的对外发布日期定在了 2017 年 11 月 1 日，上市发售日则定在了 2018 年 1 月 11 日。细心的读者可能已经发现了，这两个日子中都有 3 个 "1"，因为我们想要 "1、1、1" 的好彩头。

aibo 的开发团队以川西泉先生为首，成员的出身背景有游戏、手机、数字图像等多个领域。要想让机器狗的动作更自然、更像真的小狗，离不开液压装置的精密控制，而数字图像技术也需要液压装置的精密控制。此外，aibo 还需要探知周围物体动态的精密传感器和照相机，AI 和云相当于机器狗的"大脑"，只有让硬件和大脑顺畅地联动起来，才能创造出逼真的机器狗，给用户带来宠物的感觉。

犬型机器人 aibo 项目，正是体现"一个索尼"这一理念的项目。开发时间短,给开发团队带来了很大的压力,让他们每天都处于高强度的工作状态。他们每个月向我报告开发进度的时候,是我最兴奋、最开心的时候。

我想,为 aibo 的完美复活感到高兴的人,应该不止我一个吧。Aibo 这样一款充满童趣的商品能再次上市,不仅让市场和顾客感到高兴,更重要的是,我想向索尼员工传递一个强烈的信号——"索尼已经恢复到这么厉害的程度了"!在痛苦而漫长的改革过程中,大家容易忘记"索尼是一家这么厉害的公司"。我希望通过复活 aibo,让员工们再次找到这样的自豪感。从结果上看,我的目的应该是达到了。

2017 年 11 月 1 日,aibo 的发布会如期举行,我和川西泉先生每人怀抱一只 aibo 走上了讲台。我认为,这是一个向内部和外界宣告"索尼已找回昔日辉煌"的大好机会。在紧随其后的 2018 年 1 月 11 日,这个"1、1、1"的日子,aibo 正式投放市场。时隔 12 年,索尼机器狗复活了!

我一再讲"感动",现在我想给这个词再加一个定语——"'最后 1 英尺'的感动"。产品或服务能和顾客达到 1 英尺的距离,并给顾客带来真正的感动,那是一种无与伦比的产品力，能够给顾客感官上的本能的感动，这才是真正的感动，也正是索尼要追寻的价值。

机器狗 aibo 能够无限贴近于顾客的日常生活，川西泉先生率领团队通过 aibo 这款产品，真正给顾客带来了"'最后1英尺'的感动"。

川西泉对索尼的贡献并不会止步于 aibo。

2017 年 11 月，与川西泉一起参加 aibo 的发布会

从 aibo 到 EV

美国拉斯维加斯每年会举办一次 CES，这个曾经的电脑展会，现在已经成为涵盖整个电器行业的"科技盛典"。索尼公司当然也不会错过这个盛会，每年都会布置巨大的展台来展示自己的产品、技术、理念和愿景。我在任期间每年都会以索尼 CEO 的身份参加 CES。

2020 年的 CES 上，索尼展示了一台 EV（电动汽车）概念车——"VISION-S Prototype"。看到这台概念车后，媒体纷纷预测"索尼公司要涉足汽车领域了"。实际上那只是一辆概念车而已。当时，我已经卸任索尼总裁、董事长的职务，只担任高级顾问的职务。关于索尼是否要涉足 EV 领域，以我的立场不便多说。索尼内部负责评估 EV 概念车的正是川西泉先生率领的 AI 机器人事业团队，没错，就是复活 aibo 的那个团队，如今，他们又制造了 EV 概念车。

逆势突围

在 CES 上大受关注的 EV 概念车 VISION-S Prototype

从机器狗到 EV，可能在很多人眼中是一个惊人的飞跃。但实际上，我在和川西泉先生多次的交流中发现，机器狗和 EV 之间有很多共同点——小型智能机器人和汽车之间，在机械部分存在很大的差别，但是，VISION-S 有一个很大的特征就是具备"自动驾驶"功能。用川西泉先生的话说，"小型智能机器人和 EV 都需要准确识别周围的状况，并在此基础上采取自律的行动"。二者之间更为重要的共同点是"贴近人"。毋庸置疑，汽车必须按照驾驶员的意图做出正确动作，否则就危险了。马自达用着"人车合一"来形容这种感觉，并基于这个理念造出一代名车"Roadster"。这点不管放在传统汽车上、电动汽车上，还是自动驾驶汽车上，都是一样的。

"贴近人"是一种很难定量化且难以言状的感觉。在这一点上，汽车和智能机器人是共同的。人和机械接触的时候，无论如何都会产生一种不自然的鸿沟，我们就是希望利用索尼拥有的各种技术，来填平这个鸿沟。在追寻"贴近人"的这种感觉的过程中，我认为正好能够体现索尼的价值观——"感动"。

有人说，汽车正在面临百年一次的大转型。19世纪80年代，在德国，戈特利布·戴姆勒先生和卡尔·本茨先生发明了燃油汽车；20世纪初，在美国，亨利·福特先生以流水线方式开始大量生产"T型福特汽车"，曾经只有少数有钱人才能拥有的汽车，开始迅速在普通人中推广。在这之后汽车开始逐渐产业化。在距离汽车产业化100多年之后的现在，这个产业正经历颠覆性的模式转换，索尼公司也义无反顾地跃入模式转换的大潮之中。至于未来,索尼公司会创造出什么模式的新型汽车,我现在也无法定义。不过我在带领索尼浴火重生的过程中,就已经播下了一颗种子。如今,吉田宪一郎先生领导的索尼经营团队,悉心培育着已经发芽的种子,而一线工作人员也在努力拼搏,为的就是早日让它开花结果。对此,我充满了自豪感。作为索尼公司的前任掌舵人,我想对他们说一声"谢谢"!

为了给后人留下一个更好的索尼,我作为总裁直接管理了一些项目。在此借用一些篇幅,介绍其中一部分我直辖的项目,它们分别是以"生活空间用户体验"为理念,为顾客的生活空间提供全新体验的项目、开发全新业务的种子加速计划,以及以复活 aibo 为代表的长期事业。索尼员工内心隐藏的"热情熔岩"的喷发口,可不只上述这些。要一一写出来的话,真不知道要写多少了。如今我已卸任,但依然经常听到索尼同人活跃于各个领域的消息,对我来说这是最大的幸福!

5021

尾声 毕业

"油门要踩到 120% 吗？"

如今，科技公司的新一年，肯定都是始于美国拉斯维加斯举行的 CES。在我掌舵索尼的时候，每年都会以 CEO 的身份参加 CES，举办发布会宣传我们的产品、服务、理念和愿景。

2017 年的 CES 定于 1 月 5 日开幕，索尼公司的惯例是在 CES 开幕的前一天举行记者招待会。因为等大会真正开幕之后，各国媒体就会分散到会场的各处去报道了，所以在开幕前一天，可以更好地把各国媒体召集到一起。在记者招待会上，我们会向媒体集中介绍索尼当年的招牌产品。2017 年，索尼全力推广的产品是首款 4K 有机电视以及多款拥有高动态范围图像（HDR）的家庭娱乐产品。

每年辞旧迎新的时候，我都会回到旧金山郊外的家里和

尾声　毕业

家人一起度过，从旧金山乘飞机到拉斯维加斯也就 1 个小时的旅程。在飞机上，我和同行的总裁办公室主任井藤安博先生讨论索尼今后的经营方针时，我对他说："有件事我思考了很久，也该到我急流勇退的时候了。"

也许太突然了，井藤安博先生竟一时语塞。这个时候，我担任索尼公司的总裁兼 CEO 已经接近 5 年时间。索尼公司的经营围绕每 3 年制订的中期经营计划展开，如果我现在卸任，那么就是名副其实的"中途卸任"，因为一个新的中期经营计划还没有完成。实际上我并不打算"中途退出"，而是打算在 1 年以后的 2018 年卸任。但这个想法还是让井藤安博先生备感意外。井藤安博先生把总裁办公室打理得井井有条，我和他是老朋友了，他非常了解我的为人——说出的话不会轻易改变，所以他很快就反应过来，理解了我的想法。

当时我 56 岁，在一般人看来，这个年纪从总裁的岗位上退下来为时尚早，但是我认为，要把接力棒交给谁，必须在那个时间段就做出决定。56 岁的我体力还算充沛，实际上真正做过总裁工作的人才能了解，这个岗位的工作真的不轻松。一年之中，我大部分时间要乘飞机在世界各地奔波，还要在人前演讲。前文中反复提及，我非常重视亲自到工作现场考察，但这对我来说逐渐成了一个很沉重的工作负担，而且，作为总裁做出的每一项决策，我都要承担最终责任。作为索尼公司总裁的我，每项决策都会影响到员工、合作伙伴、顾客及其家人的生活，这么算起来，我的决策能够影响的人应该有几十万，甚至一百万人吧。这种重大的决策，只有总裁才能做，只有我才能承担起这个责任，这种压力恐怕也只有当过总裁的人才懂。

"我能一直坚持把油门踩到120%吗？"在下定决心卸任之前，我反复多次问过自己这个问题。如果一个企业的总裁不能使出120%的力量，我认为那是极其不尊重员工的表现。

索尼公司每3年要制订一个中期经营计划，在我决心卸任的时候，距离当前的中期计划完成还剩1年时间。如果继续担任总裁，我不仅要完成当时的计划，还要制订并完成下一个中期计划，那么我就还得继续作为总裁工作4年。之后的几年，我还能持续使出120%的力量吗？对此我心中也充

尾声　毕业

满了疑虑。

对于一个领导者来说，物色自己的接班人是一项非常重要的工作。我在 2012 年接过总裁的接力棒，现在与那时比，索尼公司的经营状况已经有了很大改善，组织机构改革也大部分完成。也就是说，索尼公司已经基本上实现了重建，并再次开始了扎实的成长。

话虽如此，但经营改革是永远没有止境的。如果我以此为理由安坐在总裁的位置上，相信不会有任何人赶我下台，但这就等于扼杀了年轻人成为索尼领导者的机会。我决不能做这样的事！在索尼公司中，比我有能力、比我有才干的优秀者比比皆是，剥夺他们晋升的机会，太过自私，也不利于索尼公司的发展。

"危机模式"下的领导者

当索尼公司的重建事业告一段落，眼见着业绩开始恢复的时候，我再一次陷入"那种感觉"之中，即所谓的"自动驾驶"状态。

回想起来，这已经是第三次了。SCEA、SCE，然后是索尼公司。这三个企业不管在企业规模、面对的课题，还是领导者应该做的事上，都不一样，但它们是我职业生涯中三次重建的战场。非常幸运的是，每一次我都得益于优秀同伴的帮助，成功实现了经营重建，最终我带领三个企业起死回生。但每次重建成功之后，我都感觉自己可以放开方向盘，让它自动驾驶了。每当这时，我总有一种不可名状的空虚感。当然，我并不是抱怨，也没有任何不满，这种状态对企业来说的确是一件好事。但是，从我个人角度来看，感觉进入这种状态后，自己内心的那团火就要熄灭了。心中失去热情的领导者，就是一个不合格的领导者，就已经不适合再坐在总裁的宝座上了。

实际上，我第三次意识到自己陷入这种状态，是在和总裁办公室的同事聚餐时。当时，一名同事直截了当地批评我："您在危急时刻，会奋不顾身地扑向烈火之中。可一旦危机解除，您就喜欢把事情都推给别人做。"这话刺痛了我，

尾声 毕业

但我想想，可能他说得没错。反思起来，我是在危急时刻才能燃起斗志的类型，只有在企业处于危机、面临重建的时候，我才能发挥自己的才能。

对于已经度过危机，进入成长期的企业，又该如何驾驭呢？我有自信可以驾驭好这样的企业，也可以帮助企业继续成长。我也是一个善于把握自己性格、能力的人，通过观察和比较我发现，在索尼公司中有很多比我更善于引领企业成长的人才。索尼公司下一个阶段的工作应该是制定发展战略，并将其付诸实施。我认为做这项工作的人不应该是我。

再次强调，作为索尼公司的总裁，我的一项决策将影响数十万乃至上百万人的生活，认识到自己肩上责任的重大之后，能够做出卸任总裁决定的，也只有我一个人。当我跟太太提及自己想要卸任的时候，她的态度是："如果你自己已经下定决心，那就做吧。"太太当然是了解我的人——一旦做出决定就不会轻易改变。

引领索尼走向新时代

　　索尼公司已经进入成长期，我要物色新模式下的领导者。我非常幸运地找到了，他就是我的搭档，完美配合我复兴索尼的吉田宪一郎先生。

　　吉田宪一郎先生绝对是一位优秀的经营者，这一点不用多说。还有一点，他和我是不同类型的人，我想这对索尼公司未来的发展一定是有好处的。他的财务分析能力出众，他当索尼公司的总裁兼 CEO 的话，一定能以与我迥异的方式引领索尼公司继续成长。于是，递交接力棒之前，我向全体员工宣告："索尼公司今后将继续改革！"

　　从某种意义上说，我说这话的意思也是继续给索尼一定的刺激和危机感。我想，大企业的领导层交接时，这是必须要埋的伏笔。当然，同时我也告诉吉田宪一郎先生："即使你完全否定我的'平井路线'也没关系，我不会发表任何意见。"我想，如果我在卸任后做不到这一点，那么整个组织就不可能有新的活力。当初我邀请吉田宪一郎先生加入经营

尾声 毕业

团队的目的就是听到他的"异见"。所以，他当了总裁的话，肯定会采取与我不同的工作思路和工作方式。

就这样，2018年4月，我正式把索尼公司总裁兼CEO的接力棒交给了吉田宪一郎先生。

2018年2月2日，平井一夫（左）和吉田宪一郎（右）在索尼公司的高层管理者交接发布会上

我原本打算，卸任总裁兼 CEO 之后不会接任董事长一职，但是，在吉田宪一郎先生的一再邀约之下，我决定再担任董事长 1 年时间。在那之后，我就只担任索尼公司的高级顾问职务。

正如我当初承诺的那样，吉田宪一郎先生上任后，对于他做的一切决定我没有发表任何意见。我想，我这个董事长发表意见的话，总裁也得听取几分，我不会那么做。而且我和吉田宪一郎先生早已达成默契，为了进一步确定他的领导地位，我有必要尽早让出董事长的职位。

卸任董事长后，我只担任索尼公司的高级顾问，当时我还不到 60 岁。经常有人对我说："您的卸任可真是干脆利索。"站在我的角度来说，这样做并不是想显示我的"干脆利索"，而是想向公司内外宣告"索尼公司的领导者只有一个，那就是总裁吉田宪一郎"。甚至，我想让所有人认识到"索尼将在吉田宪一郎先生的领导下加速成长"！

现实如我所愿，在吉田宪一郎先生的领导下，索尼提出了"用创造力和科技，让世界充满感动"的口号。2021 年 4 月，索尼公司正式更名为"索尼集团"，从此迈出了崭新的

尾声　毕业

一步！

我在索尼已经没什么要做的事情了，于是，我从索尼"毕业"了。

下一个梦想

我的整个职业生涯都是为了生活而工作，而不是为了公司而工作。说到底，我以前的努力都是为了我个人和家人，所以，从索尼"毕业"之后，我就基本上不再接近索尼了。虽说作为高级顾问，还得去索尼，但是最多也就是每月去一次的频率。

离开索尼之后，我迎来了一个"充电期"，我每周进行两次健身或者游泳锻炼。因为以前工作忙碌，陪伴太太的时间太少，所以我"毕业"之后，在新型冠状病毒肺炎疫情扩散至全球之前，我带太太做了一次世界旅行。

我已经下定决心彻底脱离商业的世界，以后也不会回归。因为我有了新的目标——世界上还有很多贫困的孩子，他们在受教育方面存在很多劣势，我一直在思考，自己也许可以做点什么帮助他们。

现在，日本儿童的贫困率高达13.5%，尤其是单亲家庭中的儿童，贫困率更是达到了惊人的48.1%，这已经成了一个深刻的社会问题。我估计，受到新型冠状病毒肺炎疫情的影响，这种情况还会进一步恶化。

帮助贫困儿童，我认为单靠募捐是不够的。这么多年在职场中的历练，让我在商业的世界里锻炼了一定的"赚钱能力"，我希望用这个能力摸索出一条能为孩子们带来资金的道路，我的头脑中已经酝酿了一些想法，比如慈善活动。举个例子，电影《蜘蛛侠》中有很多场景用了大批群众演员，我们可以拍卖作为群众演员参演电影的特权；再比如，索尼音乐公司的明星经常会举行演唱会，我们也可以拍卖在后台与明星合影的特权，拍卖所得就可以用于消除儿童贫困和教育不公。这是有先例的，索尼集团在澳大利亚的分公司，就致力于对年轻人的公益项目的支持，他们研发了针对年轻癌症患者的专门看护设施，并取得了良好的效果和社会反响。

尾声　毕业

当看到索尼集团澳大利亚分公司的做法时,我备受感动,"原来还有这种公益活动"。他们不仅仅依赖社会募捐,还打造了通过非营利性的公益活动获得资金的机制。

虽然我从商业的世界隐退了,但是人生还在继续。我想做的事情还有很多,我是不会停下脚步的!

后记

我撰写本书的目的有两个。其一，如"前言"中所说，回答关于重建索尼的一些疑问；其二，对于我日后要做的事情——消除儿童贫困和教育不公，希望有更多人给予关注。

前面讲过，日本孩子的贫困情况已经非常严重，13.5%的贫困率意味着每7个孩子中就有1个处于贫困状态。假设一个班级有35人，那么其中就有5个学生生活艰难，而单亲家庭的贫困问题更加严重。经济困难势必会引发这些学生的学习能力和最终学历要低于富裕孩子。可问题还不仅于此，贫困的孩子可能没有机会和家人一起外出旅行，也可能日后缺乏升学的机会，从而缺乏很多经历。要知道，这些成长中重要的经历，将直接关系到孩子长大后的想象力、创造力。换句话说，贫困孩子的人生，没有多少选项。这样的差距甚至会影响到他们的下一代。如果对这个问题放置不管，那么我可以毫不夸张地说，日本将失去未来。

读到这里，相信朋友们已经了解，我这个人就是眼前的困难越大，我挑战的热情越高。我想把以前在工作中获得的智慧、经验，用来帮助贫困儿童摆脱贫困，为他们提供更多的受教育机会。现在的我干劲十足！

为了推进这个项目，我创立了一个名为"投影希望"的社团。"投影希望"，顾名思义就是把希望带给贫困儿童，让他们对未来充满憧憬。真正意义上的活动刚刚开始，包括撰写这本书在内，我在索尼集团之外获得的所有报酬都将通过"投影希望"社团用于帮助贫困儿童。因此，购买了这本书，就等于间接支持了我的公益事业。在此，对于朋友们的贡献，请你们收下我诚挚的谢意！

这本书能够上市与大家见面，得到了众多朋友的协助与支持。在我构思和执笔过程中，日本经济新闻社的编辑委员杉本贵司先生为我提供很多好建议，索尼集团宣传部的同事们，也帮我做了很多协调工作。另外，我能带领索尼实现复

后记

兴，其实绝非我个人的力量，而是在众多同人的协助下才能取得的成就。我对他们一直心怀感恩。他们是 PlayStation 时代提携我的丸山茂雄先生、久夛良木健先生、佐藤明先生；和我共同管理索尼的吉田宪一郎先生、十时裕树先生以及平井经营团队的全体同人，还有始终在身边支持我的总裁办公室主任井藤安博先生、总裁办公室的所有同事，以及我的历任秘书。

还有一个人必须感谢，那就是我的太太早川理子女士。没有你的全力支持，我不可能在工作中使出全部的力量！再多感谢也不足以表达我的谢意！真心感谢你！

作者简介

平井一夫（Kazuo Hirai）

索尼集团　高级顾问

1960年出生于东京。青少年时代，因为父亲工作调动，辗转于美国、加拿大、日本等地。1984年从日本国际基督教大学（ICU）毕业后，进入CBS索尼唱片公司工作。在担任过索尼音乐纽约办事处总经理、索尼电脑娱乐公司美国分公司总裁之后，于2006年就任索尼电脑娱乐公司总裁。2009年任索尼公司执行副总裁，2011年任索尼公司副总裁，2012年任索尼公司总裁兼CEO，2018年任索尼公司董事长，2019年至今任索尼集团高级顾问。

图书在版编目（CIP）数据

逆势突围 /（日）平井一夫著；郭勇译 . — 杭州：浙江教育出版社，2023.9
　　ISBN 978-7-5722-5936-4

Ⅰ . ①逆… Ⅱ . ①平… ②郭… Ⅲ . ①传记文学—日本—现代 Ⅳ . ① I313.55

中国国家版本馆 CIP 数据核字（2023）第 105756 号

SONY SAISEI HENKAKU WO NASHITOGETA ITAN NO LEADERSHIP
written by Kazuo Hirai.
Copyright © 2021 by Kazuo Hirai. All rights reserved.
Originally published in Japan by Nikkei Business Publications, Inc.
Simplified Chinese translation rights arranged with Nikkei Business Publications, Inc. through BARDON CHINESE CREATIVE AGENCY LIMITED.

版权合同登记号　浙图字 11-2023-042

逆势突围
NISHI TUWEI

［日］平井一夫　著　郭　勇　译

责任编辑：赵露丹
美术编辑：韩　波
责任校对：马立改
责任印务：时小娟

出版发行　浙江教育出版社
　　　　　（杭州市天目山路 40 号　电话：0571-85170300-80928）
印　　刷　三河市中晟雅豪印务有限公司
开　　本　880mm×1230mm　1/32
印　　张　10
字　　数　150 千字
版　　次　2023 年 9 月第 1 版
印　　次　2023 年 9 月第 1 次印刷
标准书号　ISBN 978-7-5722-5936-4
定　　价　68.00 元

如发现印装质量问题，影响阅读，请与出版社联系调换。